내일은 괜찮아질 거야

마치 내 마음을 들여다본 듯
'토닥토닥' 해주는 문장들

내일은 괜찮아질 거야

글 문혜영 | 그림 박지영

책만드는집

어찌어찌하다 보니 방송작가의 길로 들어서게 됐고, 또 어찌어찌하다 보니 방송작가가 아닌 다른 삶으로 돌아가기엔 너무 멀리 와버렸다고 느낀 어느 날, 사람 북적이는 광화문 거리를 걷고 또 걸었습니다. 가만히 있으면 콸콸 흘러내릴 것만 같은 눈물을 감당해낼 자신이 없었기 때문입니다.

그즈음 저를 울리는 이유들은 참으로 많았습니다.

내 맘을 오해한 채 어긋나 버린 누군가와의 관계 때문이기도 했고, 노력한 만큼 청취율이 나와주지 않는 프로그램 때문이기도 했고, 그 때문에 이번 개편에서 살아남느냐, 아니냐 기로에 선 불안함 때문이기도 했고, 이런 나와는 달리 저만치 앞서 가는 선배들과 내 뒤를 바짝 추격해오는 후배들을 보며 생겨나는 조바심 때문이기도 했고, 버는 족족 잘도 새어 나가는 돈 때문이기도 했고, 그 순간 나의 이런 마음을 나눌 곳이 없다는 사실 때문이기도 했고, 무엇보다 이런 날들이 한 번으로 그치지 않고 언젠가부터 심심찮게 이어지고 있다는 사실 때문이기도 했습니다.

'사는 게 뭐 이러냐?', '매번 나만 이런 식이냐?' 하는 자괴감에 빠져 허우적대고 있을 때 저를 다시 일으켜 세운 한마디가 있었습니다.

"마지막에 웃는 사람이 승자야! 그러니 힘내!"

단 한 줄의 문자 메시지였지만, 그것이 주는 힘은 실로 대단했습니다.

마지막에 웃는 사람!

그런 사람이 되기 위해서는 더 이상 울고만 있을 수 없었습니다. 낙오자처럼 그저 가만히 손 놓고 있을 수 없었습니다. 운동화 끈 고쳐 매고 다시금 뛰지 않을 수 없었습니다.

바로 그 한마디가 깊은 자괴감, 깊은 자기 연민에 빠진 저를 건져낸 것입니다.

살다 보면 어느 순간 마음이 추락하는 날이 오기 마련입니다. 그때 그 마음을 위로해주고 용기를 심어주는 건 다름 아닌 '단 한 줄의 문장'인 경우가 많습니다.

마치 내 마음을 들여다본 듯 '토닥토닥'해주는 문장들….

바로 그 문장들을 한데 모아 책으로 펴내게 됐습니다.

힘들어하는 누군가에게 건네주고 싶은 문장들이었지만, 사실은 그 누구보다 저 자신에게 건네고 싶은 것들이었는지도 모릅니다. 무언가로부터 마음을 다친 어느 날, 이 책이, 이 책 속의 한 줄 문장이 작은 위로가 됐으면 좋겠습니다.

Special Thanks To

이 책이 나오기까지 도와주신 분들이 많습니다.

오랜만에 가슴 뛰는 작업을 할 수 있도록 해주신 '책만드는 집'의 이성희 편집장님과 한나라 님, 그 외 출판사 식구들.

멋지고 따뜻한 글로 추천사를 써준 감성필 충만한 SBS 고민석 PD, 우리 알짜멤버들의 영원한 핵 김은선 작가, 나의 정신적 지주 김주리 작가, 그리고 나의 오랜 친구 102~ DJ DOC 김창렬에게 다시 한 번 깊은 감사의 마음을 전합니다. 15년 작가 생활 동안 어떤 상황에서든 기꺼이 내 편이 되어준 선후배 작가들(김은선, 김주리, 김윤희, 권혜진, 최휘경, 박현주, 김은정, 김정희, 홍수정, 박진옥, 유영신, 송경석).

방송국에서 만난 인연이지만, 10여 년이 지나도록 끈끈한 우정을 유지하고 있는 사람 냄새 나는 의리파 가수 소찬휘, 서문

탁! 뒤늦게 신앙 회복을 한 저를 위해 매 순간 기도로 함께해주는 삼일교회 대청부 '승리의 바람', '하나님의 정원' 팀원들과 대성교회 여러 성도님들. 1년 넘게 토요일 오후를 함께하는 '신촌 진나네꼬' 스터디 멤버들. 현재 매일 아침 함께하는 CBS FM 〈행복의 나라로〉 가족인 손숙·한대수 선생님, 김미성·여미영 PD. 멀리 뉴질랜드에서 항상 응원해주는 나의 베스트 프렌드 혜연이를 비롯한 내 오랜 친구들(일일이 열거 못 해 미안타, 친구들아!)과 나를 스쳐 간 모든 인연에게도 감사의 마음을 전합니다.

지난여름 내 마음을 홀린 '종이컵 그림'과 함께 다가온 속 깊은 동생 지영이, 그녀에게 말로 다 할 수 없는 사랑과 감사를 전합니다. 지영아! 너와의 만남은 물론 이 책이 '우리'의 책으로 세상에 나오게 됨이 정말 정말 기쁘고 감사해.

제 삶의 이유인 사랑하는 엄마, 아빠! 막내딸이 무진장 사랑한다는 거 아시죠? 멀리 떨어져 사는 언니, 오빠네 가족(귀염둥이 우리 조카들 주은, 찬혁, 겸빈아, 보고 싶다!)에게도 감사의 마음을 전합니다. 마지막으로 이 모든 일을 계획하시고 인도해주신 하나님께 감사와 영광을 돌립니다.

2011년 5월

문혜영

Episode 1

내가 더 사랑하기 : 사랑만이 삶을 변화시킨다고 믿는다면

Episode 2

먼저 손 내밀기 : 눈에 밟히는 사람 때문에 잠 못 이룬다면

Episode 3

한 번쯤
돌아보기 : 지금 가는 이 길이 맞는지 궁금하다면

Episode 4

다시 시작하기 : 끝이라고 생각되는 그 순간에 있을지라도

Episode 1

내가 더
사랑하기

사랑만이 삶을 변화시킨다고 믿는다면

사랑도 방학 중

"슬픈데 왜 헤어지려고 해?"
"…엄마가 사랑에도 방학이 필요하대."

– 영화 〈유키와 니나〉 중에서

살다 보면
멀리 있을 때 더 빛나 보이는 것들이 있습니다.
멀리 있을 때 더 애틋하고 그리운 사람들이 있습니다.
때로는 멀리 있어서 더 좋은 것들
멀리 있어서 더 소중하고 간절해지는 것들.
세상에는 그런 게 있는 법입니다.
그런 게 아주 많은 법입니다.
그러니 당신…
누군가와 멀어졌다고 해서
더 이상 아파하지 않았으면 좋겠습니다.
이제 그만 눈물을 거두고 행복을 빌어줬으면 좋겠습니다.

간절한 소원

'모두 다 소풍을 갔다. 나만 빼놓고.'

−드라마 〈신데렐라〉 중에서

요즘 마음속으로 빌고 또 빌고 있는 소원이 뭐냐고
후배에게 물었습니다.
돌아온 후배의 대답은…

"누군가, 나 때문에 핸드폰을 열었다 닫았다 하는 거요."

그녀의 소원이 이뤄지길 기도합니다.
그녀의 소원과 똑같은 제 소원도 함께 이뤄지길 기도합니다.

지운다고 지워지나?

"맘껏 그리워해.
사랑도 그리움도 결국 바닥이 나."
"괜찮아. 가슴이 아프다는 건 노력한다는 거니까."

—영화 〈먹고 기도하고 사랑하라〉 중에서

전화번호를 지운다고
완전히 그 사람을 지울 수 있는 게 아니라는 걸 알면서도…
미니홈피 일촌을 끊는다고
완전히 그 사람을 잊을 수 있는 게 아니라는 걸 알면서도…
Delete Key 명령 한 번으로 사라지는 게
인생이 아니라는 걸 알면서도…
우린 참 어리석게도 지우고 또 지웁니다.

행여나 그 사람을 잊을 수 있을까.
행여나 지나간 그 시간을 돌이킬 수 있을까.

달콤한 시간

"아… 좋다!"
"저기가 가을이면 다 갈대밭이다. 얼마나 좋다고!"
"너 보니까 좋다고 인마!!"

−영화 〈사랑을 놓치다〉 중에서

그런 얘길 들은 적이 있어요.
어떤 사람이 여행을 가면서 친구에게 "뭐 사다 줄까?" 그랬더니
돌아온 대답이 "응… 달콤한 시간."

흔히들 그러죠?
사랑하는 사람과 함께하는 1분의 시간이
값비싼 선물보다 훨씬 좋다고.
그 어떤 값나가는 것들과도 결코 비교할 수 없는
누군가와의 소중한 추억, 곱씹을수록 달콤한 시간….
그런 시간들을 많이 많이 만들면서 살아야겠다는 생각입니다.

마음 주는 일

마음은 팔 수도, 살 수도 없는 것이지만
줄 수 있는 보물이다.

—귀스타브 플로베르

내 마음을 줄 수 있는 사람이 있다는 것
이것처럼 행복한 일이 또 있을까요?
하지만 가끔씩 메마른 가슴의 나날들이 이어질 때면
이런 생각도 들곤 합니다.

돈도 안 드는데, 왜 이렇게 마음 주는 게 힘들지?

남녀의 차이

넌 나랑 싸우면 머리가 아프다고 했지?
난 너랑 싸우면 마음이 아팠어!
그게 남자와 여자의 차이야….

-인터넷 펌글

남자는 대부분 그 여자가
내 것이 됐다… 싶으면 한눈을 팔지만
여자는 대부분 그 남자로부터 외로움을 느끼면
다른 남자를 본다고 합니다.
남자는 아차! 싶을 때 그 여자에게 돌아가려고 하지만
여자는 다른 남자로부터 외로움이 채워지면
돌아갈 생각 따윈 하지 않는다고 합니다.
살다 보면 남녀 사이의 문제든 일에 관한 것이든
지금 내가 갖고 있는 것에 대한 소중함을 망각한 채
다른 곳으로 눈을 돌리는 경우가 허다하지요?
뒤늦게 후회하고 싶지 않다면 "있을 때 잘하자!"
이 한마디를 늘, 가슴에 품고 살아야 할 것입니다.

안 만나지는 사람들

누구나 그렇듯 나는 인생이, 만남이 피곤해졌고
모든 인연이 무겁다는 생각이 들었다.
점점 특별한 용무 없이 만나는 사람이 줄어들었다.
나는 예전의 나로 돌아가지는 못할 것이다.

– 황주리 「날씨가 너무 좋아요」 중에서

용건이 없으면 안 만나지는 사람들
일과 연관된 얘기가 아니면 안 만나지는 사람들
할 말이나 들을 얘기가 없으면 안 만나지는 사람들….

언젠가부터 굳이, 웬만해선, '안 만나지는 사람들'이
하나둘 늘고 있습니다.
물론 그 누구의 잘못도 아니지요.
그럼에도 요즘은 딱히, 용건이 없어도 그냥 만나지는
우리가 만나는 데 이유 따윈 필요 없는
그런 만남이 그립습니다.
그런 관계가 그립습니다.

함부로 걷지 마라

눈 내린 길을 함부로 걷지 마라.
오늘 내가 남긴 발자국이
훗날 다른 사람에게 이정표가 되리니.

－이양연의 시

2010년 1월, 조선 순조 때 학자인
이양연의 시가 인터넷을 뜨겁게 달궜습니다.
전년도 연말 시상식에서 탤런트 반효정 씨가
공로상을 수상하면서
소감으로 이 시를 인용했기 때문입니다.
"배우 인생 끝나는 날까지
깨끗한 눈길… 함부로 걷지 않도록 노력하겠습니다."

내가 걷는 발걸음이
내 자녀와 내 후배들의 이정표가 될 수 있습니다.
그러므로… 함부로 걷지 않기를…
한 발 한 발, 조심조심
제대로 잘 걸어나갈 수 있기를 다짐해봅니다.

지독한 외로움

실패의 절망감보다 더 두려웠던 건
나와 함께 이 위기를 헤쳐나갈 사람이
아무도 없다는 지독한 외로움이었다.

─이태범 『다시 일어선다는 것』 중에서

아무리 완벽하고 부러울 게 없는 사람도
'지독한 외로움' 앞에서는 당해낼 재간이 없다고 하지요.

사람 소리가 그리워 마음에 병이 생길 때
당신은 무엇에 기대시나요?

중요한 포인트

불가능이 입증되기 전에는 모든 것이 가능하다.
그리고 불가능한 것도 현재 불가능한 것일 뿐이다.

－펄 벅

나에게 어떤 문제가 생기면
다른 사람을 탓하고 환경을 탓하게 됩니다.
그러나 냉정하게 생각해보면 결코 그것들이 원인은 아니지요?
내 생각 때문에 내가 넘어지는 것이고
내 생각 때문에 내가 망가지는 것입니다.
나를 태클 거는 것은 바로 내 생각인 것입니다.
다시 일어서고자 한다면 기억해야 할 것입니다.
문제의 원인은 남이 아니라 나라는 것!
문제의 원인은 밖에 있는 게 아니라 내 안에 있다는 것!
바로 이것이 인생의 중요한 포인트임을.

가장 먼 사이

"너… 부부가 등 돌리고 자면 그 등과 등 사이가 얼만지 알아?
지구 한 바퀴.
등 돌린 사람 얼굴 다시 보려면 지구 한 바퀴 돌아가야 한대.
등과 등 사이는 그렇게 아주 멀어."

—드라마 〈프라하의 연인〉 중에서

만약 사랑하는 사람이 속을 썩인다면
이렇게 생각하라고 하더군요.
'내가 전생에 너한테 빚을 많이 졌나 보다.
그래, 나한테 실컷 풀어라, 풀어!'

좋은 사람들과 만나 사랑만 하며 살기에도 짧은 시간입니다.
다투고, 미워하고, 그래서 상처주고 상처받는 데
쏟는 시간과 에너지를
내 곁에 있는 소중한 사람들과의 관계를
한 뼘 더 좁히는 데 쓰는 게
우리의 남은 삶에 대한 예의 아닐까요.

대화의 가장 중요한 요소

사랑하는 친구들이여,
어디를 가든 이것을 기억하십시오.
귀가 앞장서고, 혀가 따르며, 분노는 가장 뒤로 처지게 하십시오.
－유진 피터슨

대화의 가장 중요한 요소이자 원만한 사회생활의 기본은
'경청'에 있다고 하지요?
'듣는' 훈련이 잘 돼 있어야 할 텐데…
사람인지라 내 얘기가 우선이고
내 감정이 우선일 때가 많습니다.

누군가를 만나고 어떤 일을 하기에 앞서
듣는 것에 집중한다면
원만한 대인관계와 원만한 사회생활
그리고 '언행일치'의 삶도 그리 먼 얘기는 아닐 겁니다.

부담스러운 존재가 되고 싶지 않다면

"진정으로 사랑하는 사람과 진정이 아닌 사랑을 하는
사람을 어떻게 알아보는지 알아?
진정인 사람은 상대방이 할 수 있는 것만 소망하고 기대해.
진정이 아닌 사람은 상대방이 할 수 없는 것을 소망하고 기대해."

─ 전경린 『언젠가 내가 돌아오면』 중에서

말로는 사랑한다고 하면서
내 아내, 내 남편, 내 애인이 너무도 싫어하고
원하지도 않는 그 일들을
혹시 사랑이라는 이름으로 바라고 있지는 않으신가요?
가끔 우리는 내 마음 가는 대로 하겠다고
솔직한 게 가장 좋다고
바로 이런 이기적인 이유들로 상대방을 힘들게 하곤 합니다.
내 맘 편하자고 한 것이 결과적으로
남에게 부담이 될 수도 있고
내가 베푼 호의가 오히려 서로의 거리를
멀게 할 수도 있다는 것을 왜 그때는 몰랐나요?
왜 뒤늦게 깨닫고는 속상해하나요?
내가 원해도 상대방이 원하지 않는다면 기꺼이 삼가주는 것
그게 진짜 배려이자 사랑이 아닐까요.

잘 살아가기 위해서는

살아가기 위해서는 담담하게 일하고, 들뜨지 말고,
복잡하고 성가신 일에 휘둘리지도 말고,
자기 발이 딛고 있는 땅을 찬찬히 내려다보면서 걸어갈 것.

- 요시모토 바나나 『무지개』 중에서

아침에 눈떠서 밝은 태양을 볼 수 있는 것
오늘도 이렇게 살아 있음에 감사하는 것
내 자리에서 맡은 바 일을 묵묵히 해내는 것
별일 아닌 일에 유난 떨지 않는 것
도와주지 못할 바에야 남의 일에 토 달지 않는 것.

쉽지는 않겠지만 이렇게 살 수 있을 때
마음의 평화가 오고 행복에 다다르게 되겠지요.

그런 삶을 위해 작가는 이런 말을 덧붙이고 있습니다.
"하루하루의 생활과 자연의 힘에서 얻은 행복과
즐거운 기억을 잊지 말 것!"

어제와는 굿바이

페이지를 넘겨요!
이미 지나간 일은 돌아보지 말고, 현재에 머물지도 말고,
페이지를 넘겨요!
지금의 어려움에서 벗어날 수 있는 길은
오로지, 스스로 페이지를 넘기는 것뿐….
인생의 페이지를 넘기는 일은 그 누구도 대신할 수 없어요.

－로빈 위어러 『더 이상 우울한 월요일은 없다』 중에서

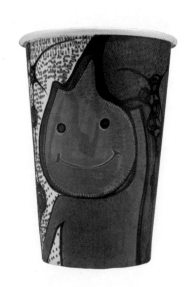

살다 보면 만사가 귀찮아지는 날
내 자신이 도무지 마음에 들지 않는 날
짜증은 있는 대로 늘고 마음이 요동치는 날
그런 날이 있기 마련입니다.
그런 날이 수시로 찾아오기 마련입니다.

그럴 때는 그냥 쉬는 것도 방법이라고 하지요?
뭘 어떻게 좀 더 잘해보려고 할수록
꼬인 게 더 꼬일 수 있기 때문입니다.

그럴 때는 힘들고 우울했던 시간들과는 과감히 안녕!
새로운 인생의 페이지를 시작하는 게
현명한 방법입니다.

성장통

아무리 독한 슬픔과 슬럼프 속에서라도 여전히 너는 너야.
조금 구겨졌다고 만 원이 천 원 되겠어?
자학하지 마.
그 어떤 경우에도…
절·대·로….

－김난도 『아프니까 청춘이다』 중에서

나이를 먹으면서 서글퍼지는 게 있다면
아마도 감정의 무뎌짐이 아닐는지요.
아무리 슬픈 드라마나 영화를 봐도 눈물이 나오지 않고
아무리 재미있다는 개그 프로그램을 봐도 웃음이 나오지 않는
그 어떤 것에도 반응하지 않는 무감각….
그것처럼 서글픈 일도 없을 겁니다.

매 순간 못난 '나' 때문에 아프고
나와는 한없이 비교되는 '너' 때문에 힘들었지만
그럼에도 '성장통'을 겪었던 그 시절이, 그 청춘의 때가
계절이 바뀌어갈수록 오히려 더 아름답게만
기억됩니다.

그럴 수 있다

'이해할 수 없기 때문에 우린 더 얘기할 수 있고
이해할 수 없기 때문에 우린 지금
몸 안의 온 감각을 곤두세워야 한다.
이해하기 때문에 사랑하는 건 아니구나. 또 하나 배워간다.'

−드라마 〈그들이 사는 세상〉 중에서

세상에 불가능한 게 하나 있다면
상처받지 않고 사는 일이라고 하지요?
회복, 치유, 화해, 용서.
이런 단어가 있는 건 어쩌면
'상처'라는 단어가 있기 때문이라는 생각도 듭니다.

"어떻게 그럴 수 있지?"
누군가에게 상처 입어 힘든 날
이렇게 생각해보면 어떨까요.

'사람이니까 그럴 수 있다.'

지금은 죽을 것처럼 힘들어도 상처를 받아들이고 나면
언젠가 그 상처도 아물기 마련입니다.
그 자리에 새살이 돋아나기 마련입니다.

커피 한 잔을 시켜놓고

"커피를 더 맛있게 만드는 법을 알려드릴까요?"
"……."
"누군가 당신만을 위해서 끓이면 맛이 더 진하죠."

−영화 〈카모메 식당〉 중에서

누군가 나만을 위해 끓여주는 커피
누군가 나만을 위해 들려주는 노래
누군가 나만을 위해 건네주는 한마디
나만을 생각해주는 누군가의 '무엇'이 있을 때
우린 더 맛있고 더 행복한 하루를 보낼 수 있을 겁니다.
나만을 웃게 해주고
나만을 행복하게 해주는 인간 비타민.
지금 당신 곁에 있으신가요?

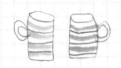

나이가 들면

나이가 들수록 책임질 일도 많아지고
부담감 역시 몇 배 더 늘어나면서
편안함과는 거리가 멀어집니다.
하지만 그만큼 분별력이 생기기 때문에
주변에 휘둘리지 않는 것이겠지요.
제대로 된 어른으로 성장하기 위해서는
어떤 상황에서도 흔들리지 않는 '판단력'과
중심을 잘 잡고 갈 수 있는 '분별력'이
무엇보다 필요하겠다 싶어집니다.

그 순간에 올인하기

할 거라면, 살 거라면…
가장 뜨거운 곳, 그 한가운데에서 가장 뜨겁게
사는 것이 중요한 것 아닐까.
적어도 나는 그렇다.
밋밋하게 죽으려 살 바에야 활활 타오르고 싶다.

−박칼린 「그냥」 중에서

하루를 살아도, 잠깐을 만나도
뜨겁게, 진심으로, 에너지 충만하게 그 순간에 올인하는 것
무엇보다 참으로 중요한 일입니다.
이 길일까, 저 길일까
가야 할까, 말아야 할까
더 이상 갈팡질팡 방황하는 것은 그만.

가야 할 길을 확실히 정하고 그 길을 향해 전진하는 것
더는 뒤돌아보지 않는 것
그 어느 때보다 뜨겁게 나아가는 것
무엇보다 절실히 필요한 일입니다.

간격 유지

칼릴 지브란의 표현을 빌리자면 한 가락에 떨면서도
따로따로 떨어져 있는 거문고 줄처럼
그런 거리를 유지해야 한다.
거문고 줄은 서로 떨어져 있기 때문에 울리는 것이지,
함께 붙어 있으면 소리를 낼 수 없다.

–법정 스님 「오두막 편지」 중에서

사람과 사람 사이에서의 간격 유지… 잘 하는 편이신가요?
사랑하는 연인이라도 둘 사이가 밀착되기보다는
적절한 거리를 유지할 때 좋은 관계로 성장한다고 합니다.
구속할 듯 구속하지 않는 것, 다 알 듯 모르는 것도 있는 것
이것을 위해 서로 그리울 정도의 간격을 유지하는 일은
아끼고 사랑하는 사이일수록 더더욱 필요하다는 것인데….
한 가락에 떨면서도 따로따로 떨어져 있는 거문고 줄처럼
사람도 그런 거리를 유지해야 함이 마땅하겠지요.

좌청룡 우백호

남과 다르다고 나를 배신하지 말 것.
나와 다르다고 그 사람을 멀리하지 말 것.
마음은 따뜻하게 행동은 씩씩하게
진심이 통할 때까지 시간을 두고 기다릴 것.

– 황경신 『모두에게 해피엔딩』 중에서

주변에 아는 사람이 많으면 대인관계가 좋다고 생각하지요?
그러나 '마당발로서의 네트워크'와 '친구'의 개념은
엄연히 다른 법입니다.
'만인의 베스트 프렌드'라는 사람들을 보면
늘 바쁘게 움직이지만 결정적일 때는 외롭다고 하지요?
게다가 정작 중요한 일은 혼자만 모를 때도 많다고 하지요?
이게 다 빛 좋은 개살구처럼 실속 없이
관리해온 대가일지 몰라요.

사는 동안 진정한 친구는 많아야 한 명!
어쩌면 단 한 명도 없다고 보는 게
맞을지도 모른다고 하던데….
당신은 어떤가요?
어떤 상황에서도 나만의 '좌청룡 우백호'가 되어줄 사람
얼마나 있으신가요?

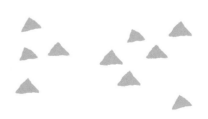

실패한 이들에게도 기회를

"실리콘밸리의 경우 백 개의 업체 중
한 개의 업체만 성공을 하며,
도덕적인 문제가 없다면
실패한 이들에게도 기회를 줍니다."

−MBC TV 〈무릎팍도사〉 '안철수 편' 중에서

"실패한 사람에게도 다시 기회를 줘야 한다."
언젠가 TV에 출연한 안철수 교수가 한 말입니다.
젊은이들의 야심찬 도전 과제가
사회 구조적인 문제로 좌절됐을 때
그때 다시 일어설 수 있도록 기회를 줘야 한다는 이 말.
이 말에 다들 고개는 끄덕이면서도 정작 이런 순간을 만났을 때
과연 실패한 사람에게 기회를 주고
용기를 줬는지에 대해 묻는다면
당신은 "그렇다"라고 자신 있게 대답할 수 있으신가요?

사업에 실패하고, 시험에 실패하고,
사랑과 결혼에 실패한 사람들에게
왜 그랬느냐고, 어쩌다 그랬느냐고
이유를 따져 묻는 건 누구나 할 수 있습니다.
그보다는 다시 한 번 손을 내밀고 한 번은 괜찮다고,
누구나 그럴 수 있다고, 기회는 또 있다고 토닥여주는 모습이
상대방을 더 힘나게 하지 않을까요.
질책보다는 관용이 더 큰 위로와 격려가 된다는 걸
잊지 않았으면 좋겠습니다.

다른 곳으로 눈 돌리기

사라진대도 상관없다.
바람에 날려 가도 괜찮다.
그때그때 한순간만이라도 반짝일 수만 있다면.

－오쿠다 히데오 「공중그네」 중에서

가끔은 여자도 남자들이 좋아하는 스포츠에 흥미를 가져보고
가끔은 남자도 여자들이 즐겨보는 잡지에
눈을 돌려야 한다고 하지요?
나의 흥미를 유발하는 일뿐만 아니라
다른 일에도 눈을 돌릴 줄 알아야 한다는 건데
이렇게 유연하게 안테나를 세우는 게
우리 삶에 여유와 행복을 가져다주기 때문입니다.

남자든 여자든, 사람이든 사물이든
계절이 변할 때마다 곳곳에서 다양하게
우리를 유혹하는 것들이 많이 있지요?
유혹은 말 그대로 넘어가 주는 게 맛이라고 하던데…
그 유혹에 빠질 준비, 되셨나요?

최고의 라이벌

누가 출전해도 음악이 나오는 순간
얼음 위에 선 사람은 오직 나 자신뿐이다.
내 라이벌은 자신이라고 생각한다.

－김연아 인터뷰 중에서

"최고의 라이벌은 나 자신!
정작 이겨내야 할 상대는 다른 그 누구도 아닌 나 자신이다."

많은 사람이 공감하는 얘기일 겁니다.
나 자신과의 싸움에서 이기기 위한 방법 중에서 가장 중요한 건
'이만하면 됐지, 뭐.'
이 생각부터 고치는 것이겠지요?

내 안의 게으름과 내 안의 안일함
내 안의 의지박약과 싸우고 싶다면
이제라도 대충대충, 설렁설렁 하는 자세와는
과감히 결별하세요.
지금도 결코 늦지 않았으니까요.

초심, 중심, 뒷심

인생에는 두 가지 삶밖에 없다.
한 가지는 기적 같은 건 없다고 믿는 삶,
또 한 가지는 모든 것이 기적이라고 믿는 삶.
내가 생각하는 인생은 후자다.

—알베르트 아인슈타인

뭔가를 새롭게 시작할 때 우린 '초심'으로
돌아가자는 표현을 쓰고는 합니다.
초심도 물론 중요하지만 더 중요한 건
맨 처음 마음먹은 그 초심을 잃지 않도록
순간순간 '중심' 잡고 사는 것이겠지요.

매번 초심으로 돌아가 다시 시작하는 걸 반복하지 않으려면
한번 잡은 초심이 흐트러지지 않고 엉망이 되지 않도록
매 순간 중심을 잡는 노력을 게을리하지 말아야 할 것입니다.
또한 중심 잡고 가는 그 삶이 마무리까지 잘되게 하려면
다 왔다고 느슨해질 게 아니라 마지막까지 긴장을 늦추지 않는
'뒷심'이 발휘돼야 할 것입니다.
그 사이사이에 '열심'과 '뚝심'까지 더해진다면
더 바랄 게 없겠지요.

놓아버리다

용서란 상대방을 위해 면죄부를 주는 것도 아니고
결코 상대방이 한 행동을 정당화하는 것도 아닌,
나 자신이 과거를 버리고 앞으로 나아가기 위한 것입니다.
용서란 말은 그리스어로 '놓아버리다'라는 뜻을 가지고 있죠.
여러분 놓아버리세요. 그리고 용서하세요. 나 자신을 위해.

-오프라 윈프리

누군가에게 적대감을 가지고 있을 때 우린 말합니다.
"절대로 용서할 수 없어!"
상대방에 대해 분노를 갖는 것은
누구보다 나 자신을 위한 일이 아니라고 하지요?
결국, 상대방이 아닌 나를 위해서 용서하는 게 필요할 텐데
용서… 그 마음을 놓아버리는 것…
참 어렵고도 어려운 일입니다.

지금 혹시 누군가와 소원한 관계에 있으신가요?
누군가와 불편한 관계가 계속되고 있으신가요?
그래서 괴롭다면, 그래서 답답하다면
나 자신을 위해서 그 마음을 놓아버리는 건 어떨는지요.
이제라도 '용서'의 마음을 가져보는 건 어떨는지요.

진정한 고수

프로는 독서량을 자랑하지만, 아마추어는 주량을 자랑한다.
프로는 지는 걸 두려워하지 않지만,
아마추어는 이기는 것도 걱정한다.
프로는 놀지만, 아마추어는 까분다.
프로는 묵묵히 걸어다니지만, 아마추어는 싸돌아다닌다.
프로는 너도 살고 나도 살자고 하지만,
아마추어는 너 죽고 나 죽자!라고 한다.

－인터넷 펌글

'진정한 고수', '진정한 자유인'이라고 하면
어떤 사람을 말할까요?
발끈해야 할 상황에서 여유로울 수 있을 때
진정한 고수라고 하고
이렇게 저렇게 나를 가두는 꼬리표에서 자유로울 수 있을 때
그런 사람을 두고 진정한 자유인이라고 한다지요.

어떤 상황이나 어떤 감정에도 휘둘리지 않고
오로지 내가 나 자신일 수 있고, 내가 나로 바로 설 수 있는 것!
그렇게 할 수 있을 때 진정한 '나'의 모습으로
거듭날 수 있다는 건데…
나에게 떳떳한 모습, 나에게 당당한 모습
지금 당신의 모습도 그러하신가요?

좌절 금지

놀이동산에서 3분, 4분이면 타는 롤러코스터를
나는 20년 동안 타고 있다.
하지만 내리막이 두려운 나머지 조금만 내려가면
오르막도 그 정도밖에 안 된다.
두려워하지 말라.
나는 지금 무서운 속도로 내리막을 향해 내달린 뒤,
이제 바닥을 찍고, 조금 오르는 과정에 있다.
주저하지 말고 롤러코스터를 즐겨라.
넘어지는 걸 두려워하지 말고,
자신 있게 롤러코스터를 타고 인생의 여행을 하길 바란다.

-KBS 2TV 〈남자의 자격〉 김국진의 모 대학 강연 내용 중에서

우리 삶에는 오르막길과 내리막길이 있기 마련이지요?
중요한 건 순간순간 찾아오는 그 고비를 잘 넘기고
그 굴곡에서도 결코 좌절하지 않는 것일 겁니다.
사실 이렇게 산다는 게 말처럼 쉽지는 않습니다.
따라서 내 힘으로 안 될 때는
누군가의 도움을 받는 것도 필요하겠지요.

어렵고 힘든 시기에 올바른 길을 선택할 수 있는지는
바로 내 옆에 누가 있느냐, 어떤 멘토가 있느냐에 따라
얼마든지 달라진다고 합니다.
최종 결정은 본인이 해야겠지만
그 길에 안내자가 되어주는 훌륭한 멘토가 있다면
그 삶에 힘과 위로와 용기가 될 텐데,
그런 멘토 곁에 있으신가요?

마음의 감옥

"사색 같은 거에 무슨 요령이라도 있는 건가요?"
"요령이라… 추억을 그리워한다든지,
누군가를 곰곰이 떠올려 본다든지, 그런 겁니다."
"그럼 유지 씨도 사색을 하고 있는 건가요?"
"저는 여기서 차분히 기다릴 뿐입니다."
"뭘요?"
"흘러가 버리는 것을…."

−영화 〈안경〉 중에서

어느 심리학자가 말하기를 사람에게는
일곱 가지 감옥이 있다더군요.
내가 제일 잘났다는 '자기도취'의 감옥.
다른 사람의 단점만을 지적하는 '비판'의 감옥.
항상 부정적으로 바라보는 '절망'의 감옥.
옛날이 좋았다고 하면서 현재를 낭비하는 '과거지향'의 감옥.
남의 손에 있는 떡이 더 크게 보이는 '선망'의 감옥.
남 잘되는 걸 보면 배가 아픈 '질투'의 감옥.
현재에 감사하지 않고 늘 불평하는 '비교'의 감옥.

당신은 이중에서 몇 개의 감옥에 갇혀 있는 것 같으신가요?
이것저것 안 걸리는 게 없는 '무기징역감' 아니신가요?
가만히 생각해보면 정말 무서운 건
쇠창살이 있는 감옥이 아니라 마음의 감옥이 아닐는지요.
이 계절, 나를 가두고 있는 마음의 감옥들에서 벗어나
나에게 자유를 선물하는 건 어떨까요.

쿨하다는 것!

인생이 지금보다 훨씬 더 가벼웠으면 좋겠다.
누구든 "갈게" 하고 돌아서면 "응" 하고 대답해주고
"안녕" 하고 말하면 "그래" 하고 내가 먼저 돌아서고
그렇게 가볍게 살아갈 수 있으면 좋겠다.

—예랑 『키다리 아저씨』 중에서

남녀가 연애하다 헤어질 때
바보처럼 울고 불고 하며 진상 부리지 말고
쿨하게 헤어지는 게 추하지 않고 좋다고들 하지요?
하지만 이 말을 달리 해석해보면
쿨하게 헤어질 수 있다는 건
어쩌면 뒤돌아서도 그만인, 아무렇지도 않은,
별다른 마음의 데미지가 없는,
딱 그만큼의 사랑을 했기 때문이 아닐는지요.

기대하는 게 싫고, 서운한 마음 드는 게 싫고,
미련이 남는 것도 싫고, 그리워하는 것도 싫어서
쿨하다는 미명 아래
애초에 선을 긋고 적당히 담을 쌓은 채 만나는 사람들.
문득 그런 사람들이, 그런 만남들이
가엾게 느껴집니다. 솔직하지 않게 느껴집니다.

Episode 2

먼저
손 내밀기

눈에 밟히는 사람 때문에 잠 못 이룬다면

누가 원한 것일까?

부모의 욕심보다는 열정이, 부모의 조바심보다는 인내심이
아이의 진로를 바꾼다.

－인터넷 펌글

최근 어느 지역에서는 책가방이 아니라 여행 캐리어를 들고
등하교를 하는 초등학생들이 늘고 있다고 합니다.
이 나라의 미래를 책임질 꿈나무들의 축 처진 어깨,
힘겹게 캐리어를 끌고 가는 고사리 손….

과연 그들이 원한 것일까요?
그들의 부모가 원한 것일까요?

금메달과 동메달

"수많은 사람이 금메달에 도전한다.
하지만 동메달을 땄다고 해서 인생이 동메달이 되진 않아.
그렇다고 금메달을 땄다고 인생이 금메달이 되진 않아.
매 순간 끝까지 최선을 다한다면 그 자체가 금메달이야."

- 영화 〈킹콩을 들다〉 중에서

지난번 동계올림픽을 보다가 떠오른 생각입니다.
4년간의 기다림 속에서 꾸준히 준비하고 노력한
우리 선수들의 그 모습 자체가 이미 금메달인 것처럼
나의 하루하루 모습들도
과연 금메달감이라고 자신 있게 말할 수 있을지….

오픈 마인드

장마철도 아닌데 흐려졌다 맑아졌다,
부뚜막도 아닌데 뜨거워졌다 차가워졌다,
온도계도 아닌데 높아졌다 낮아졌다,
고무줄도 아닌데 팽팽해졌다 늘어졌다….

– 원성 스님 『마음』 중에서

몸은 하나인데 우리 마음은 염주 알처럼 많다고들 하지요?
마음이란 참 이상한 것이어서
마음문을 열면 온 세상을 다 받아들이다가도
마음문을 닫으면 바늘 하나 꽂을 자리가 없다고 하는데
명품 계절에 어울리는 건
무엇보다 '오픈 마인드' 아닐까요.

사람은 신이 아니기에

신은 너의 내면을 보지만, 사람들은 너의 겉모습을 먼저 본다.
사람들을 신으로 착각하지 말라.

－이민규 『끌리는 사람은 1%가 다르다』 중에서

"내면이 중요하냐? 외면이 중요하냐?"
"그야 외면보다는 당연히 내면이 더 중요하지."

마치 진리처럼 내뱉곤 하는 말입니다.
그렇습니다. 당연히 내면이 더 중요합니다.
하지만 내면 못지않게 외면도 아주 중요합니다.
외모는 내면의 또 다른 표현이기 때문입니다.
혹시라도 좀 더 신경 쓰지 못한 겉모습 때문에
나의 내면을 보여줄 수 있는 기회를 놓친다면
그것처럼 아쉬운 일도 없을 것이기 때문입니다.
나의 차림새는 나를 바라보는 사람들의 평가는 물론
나 자신의 태도나 마음 자세까지도 바꿀 수 있기 때문입니다.

아무 일도, 아무것도

'무슨 일이든 아무 일도 없는 것보다는 낫다'고 생각하려고
애쓰면서 두 번째 창작집을 묶는다.

—신경숙 「풍금이 있던 자리」 작가 후기 중에서

매일 그날이 그날이라고 한숨지으며 말하는 사람들을 보면
어떤 일이든 시도조차도 하지 않고
공도 들이지 않는다는 공통점이 있습니다.

바라지 않는 일은 이루어지지 않는다고 합니다.
아무것도 하지 않으면 아무 일도 일어나지 않는다고 합니다.
일상의 변화를 원한다면 이제라도 원하는 만큼
몸과 마음을 부지런히 움직이는 노력이 뒤따라야 할 겁니다.

어떤 작가는 "적극적이지 않으면
삶은 외로워진다"라고 말합니다.
세상사 아무 일도 일어나지 않는 고요함보다는
가끔씩은 상처받고 그리하여
또다시 먼 길로 돌아가게 되더라도
결코 지루할 틈 없는 것, 어떤 면에서는
이게 진짜 사는 것이겠지요.
이게 진짜 사람 사는 모습이겠지요.

그 누가 뭐라 해도

당신이 원하는 분야의 전문가가 아니라고, 배운 것이 없다고
실망하거나 주저앉지 마라.
틀에 얽매이지 않는 발상과 의욕만 있다면
새로운 일에 도전할 자격이 충분하다.
"당신이 가고자 하는 그 길을 가라!"

－이나모리 가즈오 『왜 일하는가』 중에서

자신의 인생을 바꾸고 싶다면
자신이 하는 일에 대한 '태도'부터 바꿔야 한다고 하지요?
내가 하는 일의 의미와 가치부터 정확히 깨닫고 있을 때
그때야 비로소 내 인생이 달라진다는 얘기입니다.

한번 생각해보세요.
나는 왜 일하는지
나는 무엇을 위해 일하는지
지금 내가 하는 일이 과연 나한테 잘 맞는 건지
나는 지금 제대로 된 길을 가고 있는 건지….
그런 다음 마음에 확신이 선다면
무소의 뿔처럼 혼자서, 당당히 가보시기 바랍니다.
그 누가 뭐라 해도….

마음의 광합성

가끔은 그럴 때가 있지.
할 일이 정말 많은데 그냥 놀아버릴 때
하나도 재미없는데 막 크게 웃어버릴 때
조금 우울했을 뿐인데 엉엉 울어버릴 때
누가 조금만 건드려도 막 화를 내고 짜증 낼 때
가끔은 살다 보면 그럴 때도 있어
1더하기 1이 3일 때도 있다고….

-인터넷 펌글

살다 보면 평소와는 다른 내 모습을
보이는 날이 있기 마련입니다.
어쩌면 그 순간 내가 원하는 것, 나를 위하는 것은
제대로 된 휴식일지 몰라요.
뭉치고 결린 내 몸에만 파스 붙이고 찜질하기보다는
지친 내 마음에도 약 처방을 내려주는 게 필요하다는 얘기지요.

하늘과 바람과 햇살 속에서
가장 아름답고 행복했던 날들을 떠올리면서 누려보는
마음의 광합성.
이거… 때때로 필요한 일이 아닐는지요.

21세기를 이끌어가는
가장 강력한 트렌드

21세기는 3W(Weather, Women, Web) 시대다.

- 아비바 위텐베르크 - 콕스·앨리슨 메이트런드 『넥스트 이코노믹 트렌드』 중에서

남자의 매력은 3M

Mood, Manner, Money

광고의 세가지 법칙은 3B

Baby, Beast, Beauty

그렇다면, 21세기를 정의하는 세 가지는?

Weather, Women, Web

기후와 여성, 그리고 웹.

이 세 가지에 의해 세상이 점점 변해가고 있다고 하지요?

21세기를 이끌어가는 가장 강력한 트렌드!

21세기의 변혁은 바로 이것들로부터 이뤄진다고 하는데

그 속에서 당신은 안녕하신가요?

그 속에서 당신은 어디쯤에 머물러 있으신가요?

측은지심

"배 속에 오장육부를 넣고 사는 인간이라면
누구나 동정심은 있지만, 측은지심은 달라.
동정심이 가엾게 불쌍하게 여기는 마음이라면
측은지심은 차마 돌아서지 못하는 마음이거든.
불쌍한 사람을 보고 '아이고 가여워라' 하고 생각은 하지만
누구나 손을 내밀지는 않지.
하지만 차마 돌아서지 못하는 사람은 손을 내밀게 되거든.
그게 측은지심을 가진 사람이야."

–드라마 〈찬란한 유산〉 중에서

살다 보면 주변에서 곤경에 처한 사람들을
보게 될 때가 있습니다.
그런 때 누구나 다 안타깝고
걱정스러운 마음이 들기 마련입니다.
그렇다면 당신의 그때 그 마음은 동정심이었나요,
측은지심이었나요?
차마 돌아설 수 없어서 손을 내미는 마음.
진정한 도움이나 선행은 동정심을 넘어선 측은지심이 있을 때
가능한 일인 것 같습니다.

누가 누구를 판단하랴?

소인은 늘 남을 탓하고 군자는 제 잘못을 먼저 생각한다.
- 공자

나에게는 엄격하고 남에게는 관대해야 함에도 불구하고
우린 종종 이를 거꾸로 실천하며 살고 있는지도 모르겠습니다.
누군가를 판단하기 이전에 나의 행실을 돌아볼 줄 아는 것
이런 모습이 내 안에 있는지 묻고 또 물어야 할 것입니다.
더불어 많은 이들이 좌우명으로 삼고 있다는 이 말
옛 선현의 가르침인 이 말도 기억해야 할 것입니다.

"남을 대할 때는 봄바람처럼
자신을 대할 때는 가을 서리처럼 하자."

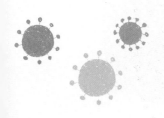

과거를 놓아주어야

"과거를 놓아주어야 그 자리에 미래가 오는 거야."

−드라마 〈검사 프린세스〉 중에서

인생의 목적은 이기는 것이 아니라
성장하고 나누는 것이라고 합니다.
어른들 말씀이, 시간 지나 내가 걸어온 삶을 되돌아봤을 때
남들보다 잘하고 그들을 이긴 성공의 순간보다
소소하나마 그들 삶에 내가 기쁨과 행복을 준 순간이
훨씬 더 큰 만족과 보람으로 다가온다고 하더군요.
그동안 나누며 사는 일에 인색하지는 않았는지
내 것만 챙기며 사는 일에 급급하지는 않았는지
돌아봐야겠습니다.

돌아본 시간들이 좋았든, 아쉬웠든
과거는 이미 지나가 버린 시간.
성장하고 나누는 인생을 살고 싶다면
어떤 과거든 기꺼이 굿바이 하고 밝은 미래가 오도록
그 자리를 비워두는 게 필요할 것입니다.

나를 키운 8할

오늘도 나에게 묻고 또 묻는다. 무엇이 나를 움직이는가?
가벼운 바람에도 성난 불꽃처럼 타오르는
내 열정의 정체는 무엇인가?
소진하고 소진했을지라도 마지막 남은
에너지를 기꺼이 쏟고 싶은
그 일은 무엇인가?

─한비야 『지도 밖으로 행군하라』 중에서

미당 서정주 시인은 「자화상」이라는 시에서
"나를 키운 건 8할이 바람"이었다고 고백합니다.
그렇다면 지금의 당신을 키운 8할은 무엇인가요?

어떤 CEO는 자신을 키운 8할은 '열등감'이었다고 하고
어떤 학생은 자신을 키운 8할로 '외할머니'를 꼽기도 했습니다.

한때 내 일상의 8할을 차지했던 몇 편의 시詩를 들춰봅니다.
오규원, 황지우, 이성복, 최승자, 기형도, 함민복, 장석남…
이름만 떠올려도 충분히 위안이 되는 시인들입니다.

이름만으로도 존재감이 느껴지는 사람
존재만으로도 충만함을 안겨주는 사람
누군가 앞으로 나의 장래 희망을 묻는다면
이런 사람이 되는 것이라고 대답하렵니다.

당신도 한번 눈 감고 생각해보세요.
지금의 나를 있게 한 자극제이자 동기부여가 된 자양분
참으로 감사한 그 8할은 무엇인지.

명품과 이미테이션

서른두 살, 가진 것도 이룬 것도 없다.
나를 죽도록 사랑하는 사람도 없고
내가 죽도록 사랑하는 사람도 없다.
우울한 자유일까, 자유로운 우울일까.
나 다시 시작할 수 있을까. 무엇이든?

ー정이현 『달콤한 나의 도시』 중에서

가끔 남들보다 잘하는 게 하나도 없어서 속상하고
평균 수준으로라도 생겼으면 좋을 텐데
그것도 아니라서 참 비참하다는 생각이 들 때 있을 겁니다.

그때 생각을 고쳐보세요. 발상의 전환을 해보는 겁니다.
잘하는 게 없어서 오히려 배울 게 많다!
예쁘고 잘생기지 않아서 오히려 나만의 개성을 키울 수 있다!
자꾸만 나한테 없는 걸 한탄하면서 불행하다고 여기기보다는
내가 갖고 있는 걸 발전시켜보는 건 어떨는지요.

맨 처음 태어날 때부터
명품이나 이미테이션으로 구분 지어지는 사람은
결코 없습니다.
나라는 존재를 하나의 브랜드로 생각하고
단점은 개성으로, 장점은 무기로 특화시켜본다면
누구나 다 명품 되는 건 시간문제 아닐까요.

인터벌 트레이닝

육상 경기나 수영 따위에서, 연습 방법의 하나.
지구력과 속력을 키우기 위하여 빠르게 달리는 구간과
천천히 달리는 구간을 정하여 되풀이한다.

－『표준국어대사전』 '인터벌 트레이닝'의 정의

다이어트하시는 분들이라면
인터벌 트레이닝이 좋다는 것에 공감할 겁니다.
무조건 강도 높은 운동을 장시간 계속하기보다는
중간 중간 가벼운 운동을 하면서 쉬어주는 게
필요하다는 얘기지요.

일과 사랑도 이와 다르지 않습니다.
열심히 일하고, 틈틈이 쉬고!
내 마음을 주고, 상대방 마음도 헤아리고!
열심히 일하고 난 뒤에 갖는 꿀맛 같은 휴식.
밀당이 아니라 진심이 담긴 애정 표현의 주고받음.

바로 이 강약을 조절할 줄 아는
'인터벌 능력', '인터벌 작전'
다시 한 번 발휘해보시지요.

더하기보다는 빼기

겸손을 너의 비즈니스 파트너로 삼아라.

−명로진 『세상에 꼭 하나뿐인 너를 위해』 중에서

좋은 요리사가 되려면 술이나 담배는 안 된다고 하지요?

혀의 감각이 없어지기 때문입니다.

좋은 인상을 만들려면 화를 줄이라고 하지요?

사람들은 선한 눈빛을 좋아하기 때문입니다.

뭔가를 하나하나 더할 때보다는 뺄 때

좋아지는 게 더 많다는 것! 동의하시나요?

나를 더 반짝반짝 빛나는 존재로 만들고 싶다면

내가 갖고 있는 나쁜 습관 중에서

이제라도 하나씩 버려보는 건 어떨는지요.

진짜 내 편

친구란 내가 누구인지 알면서도 여전히
나를 좋아하는 사람이다.
나에 대한 모든 것을 알고 난 후에도 여전히
나에게 실망하지 않는 사람이다.
세상이 모두 나를 버렸을 때 조용히
내 방 문을 두드려주는 사람이다.

−인터넷 펌글

끝까지 함께하자고 외쳤던 학창 시절 친구도
사회라는 전쟁터에서 나를 이끌어준 선배도
영원한 사랑을 맹세했던 사람도
한순간의 오해가 깊어지면
언제 그랬느냐는 듯이 등 돌릴 수 있습니다.

세상 사람들이 모두 등을 돌려도 끝끝내 내 편이 돼주는 사람…
그런 사람이 당신에게는 있으신가요?

길을 잃어야
진짜 여행이다

나는 더 이상 길 잃는 것을 두려워하지 않는다.
왜냐하면 걸어온 길을 되돌아가다 보면
나의 인생과 나 자신의 인간성에 대해
항상 새로운 것을 발견하기 때문이다.

– 빌리 조엘

해외로 나홀로 여행을 다녀온 많은 이들의 공통점이라고 하면
길을 잃었을 때
비로소 진짜 여행을 실감했다는 것이었습니다.
열심히 가이드북도 챙기고 동네 구석구석까지 나온 지도와
온갖 자료들을 여러 번 봤음에도 불구하고
막상 낯선 곳에서 길을 잃었을 때의 그 난감함이란….
그러나 "그때부터 진짜 여행은 시작됐다"라고
모두들 입을 모아 고백하더군요.

길을 잃어버릴까 두려운 마음에 아예 떠나지 못하는 것보다는
잃어버린 그 길에서 다시 길을 찾아 돌아오는 것
그게 중요하겠지요.
그걸 반복하는 게 인생이겠지요.

네가 궁금해

때로는 안부를 묻고 산다는 게
얼마나 다행스런 일인지
안부를 물어오는 사람이 어딘가 있다는 게
얼마나 다행스런 일인지
그럴 사람이 있다는 게
얼마나 다행스런 일인지

—김시천 「안부」 중에서

누군가에 대해 잘 알고 싶을 땐
그 사람이 하루를 어떻게 보내고 있는지
그 일상을 들여다보면 된다고 합니다.

하루 24시간
어디에 가장 많은 시간을 보내고
누구와 가장 많은 대화를 나누고
어떤 일에 관심을 보이고 집중하는지를 알면
그 사람의 성격과 취향,
더 나아가서는 가치관, 사랑관, 인생관까지 알 수 있다고요.

지금 궁금해지는 사람이 있으신가요?
그렇다면 그 사람의 하루 일과를 살펴보세요.
방법은? 재주껏요.

스페이스 클리어링

주변을 정리하고 불필요한 것들을 버리는 것뿐만 아니라
공간과 상황을 깨끗하게 정리하고 정화하는 것.

-'스페이스 클리어링(Space-Clearing)'의 정의

'스페이스 클리어링'은 에너지 충전을 위해
반드시 필요하다고 하지요?
주변 정리가 돼 있어야 그만큼
새 힘을 얻을 수 있기 때문입니다.
뭔가를 시작하기에 앞서
새로운 마음가짐의 자세로 해야 할 일은
방 안, 책상 위, 차 안 등
내 주변을 '스페이스 클리어링' 하는 것이겠지요.

스스로 짊어진 십자가

십자가는 등에 지거나 질질 끌고 가는 것이 아니다.
다정히 품에 안고 가야 하는 것이다.
그렇게 스스로 짊어진 십자가는 가볍다.

-인터넷 펌글

흔히 어렵고 힘든 일, 괴로운 일을 당했을 때
'십자가를 지고 간다'는 표현을 쓰곤 합니다.
이때 내 의지와 상관없이 억지로 지고 가려고 하면
당연히 고통스러울 수밖에 없겠지요.
그러나 내 의지로, 기꺼이 품에 안고 간다면
같은 무게라도 그렇게 버겁지만은 않을 겁니다.
당신 삶 가운데 짊어지고 가야 할 십자가들이 있으신가요?
그게 나와 내 가족의 안녕을 위한 것이라면
기꺼이 기분 좋게 짊어지고 가는 건 어떨까요.

아무도 나에게

가진 게 없다고 기죽지 말자!
당신의 동의 없이는 아무도 당신에게
열등감을 느끼게 할 수 없다.

−엘리너 루스벨트

가진 게 많다고 해서 행복한 것도 아니고
가진 게 없다고 해서 결코 불행하지도 않다는 것
어느 정도 인생을 살아온 분들이라면 공감할 겁니다.
그럼에도 불구하고 때때로 기죽고 위축되는 건
남과 나를 비교하기 때문이겠지요.

남과 상관없이 나 스스로 당당할 수 있는 것!
누가 뭐라 하든 내가 떳떳하고
내가 좋아하는 모습으로 내 인생을 산다면
더 이상 기죽을 일도, 좌절할 일도 없을 텐데
그런 모습에 당신은 한발 가까이 가고 있으신가요?

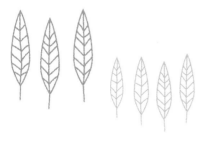

시선의 교정

화를 잘 내는 사람들의 문제는
인내력의 부족이거나 성질이라기보다
그들의 시선과 생각에 문제가 있을 가능성이 높습니다.
화를 잘 내는 사람은 열 받는 것을 먼저 보고
생각하는 경향이 있습니다.
화를 내지 않으려면 좋게 보고 생각하는 것이 많아야 합니다.
시선과 생각이 달라지면 태도와 반응이 달라집니다.

－강준민 목사 『삼색영성』 중에서

우리나라 사람들의 단점을 꼽으라고 하면
인내심 부족이라고 하지요.
'냄비근성'이라는 말이 그것을 뒷받침해주고도 있는데,
당신은 '인내력'이라는 단어와 어느 정도 친밀하신가요?

주변을 보면 툭하면 화를 내고
별일 아닌 일에도 인상부터 쓰는 사람들이 있습니다.
그런데 그들의 문제는 부족한 인내력에 있는 게 아니라
대상을 바라보는 시선에 있다고 합니다.
좋은 것 다 놔두고
화나는 것, 열 받는 것, 나쁜 것만 쳐다보고
그런 생각만 하기 때문에 화를 내는 거라지요.

떨어진 시력 교정을 위해 안경을 맞추고,
라식을 하기보다는
좋은 것만 보도록 애쓰는 시선의 교정
이제라도 해볼 노릇입니다.

나를 일으켜 세운 한마디

너는 너이기 때문에 특별하단다.
특별함에는 어떤 자격도 필요 없으며,
너라는 이유만으로 충분하단다.
네가 가진 것 때문이 아니라,
넌 너이기에 행복할 수 있단다.

－맥스 루케이도 『아주 특별한 너를 위하여』 중에서

최불암 씨는 "노인 연기는 네가 대한민국에서 최고야"라는
교수님의 말에 힘을 얻어
우리나라 최고 연기자가 됐다고 합니다.
고인이 된 앙드레김은 "너의 그림은 독창적이고 창의적이며
굉장하다"라는 말에 인생이 바뀌었다고 합니다.
누군가 내 인생을 바꾼 한마디에 대해 묻는다면
어떤 걸 꼽으시겠어요?

흔히 위대한 사람에게는 그 사람을 믿어주고
뒤에서 묵묵히 밀어주는 사람이 있다고 하지요?

정신분석학자이자 심리학자인 프로이트는
자신이 위대한 사람이 되려고 노력했던 것은
어머님의 믿음 때문이었다고 했습니다.
"너는 장차 위대한 인물이 될 것이다"라며
믿음을 심어주셨다죠.
지치고 쓰러질 때마다 용기를 심어준 한마디
내 편이 되어준 그런 든든한 한마디, 있으신가요?

진짜 장애

장애란 없습니다. 다만 마음의 병이 있을 뿐입니다.

— 박요한 「인생 칸타타」 중에서

먼 길을 가는 데 있어서 가장 불편한 장애물은
가파른 언덕도 아니고, 거친 땅도 아니며,
덥고 추운 날씨도 아닌… 나 자신입니다.
나 스스로가 마음을 어떻게 먹고 가느냐에 따라
천 리 길이 즐거운 여정이 될 수도 있고
그 반대가 될 수도 있겠지요.

지금 당신이 느끼는 가장 큰 장애물은 무엇인가요?
도무지 사람들 앞에 나설 수 없는 외모인가요?
몇 해를 거듭해도
마이너스를 벗어나지 못하는 통장인가요?
축복이 아니라 여전히 짐이라고 여겨지는 가족인가요?
그렇다면 다시 한번 생각해보세요.
그 삶의 무게와 고통, 불행이
내가 처한 환경적 장애 때문인지
아니면, 장애라 여겨지는 그것들을 도무지 용납하지 못하는
내 마음속 장애 때문인지….

언플러그드 휴가

시냇가에 앉아보자.
될 수 있으면 너도밤나무 숲 가까이
앉아보도록 하자.
......
그러고는 모든 걸 잊어보도록 해보자.
우리 인간의 어리석음, 질투, 탐욕, 자만심.
......
사랑스런 여름 구름, 시냇물, 숲과 언덕을 돌아보며
우리들의 건강을 축복하며 건배하자.

−안톤 슈낙 「6월에는 스스로 잊어버리도록 하라」 중에서

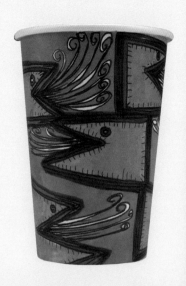

휴가 때 정말로 해야 할 일
꼭 해야 할 한 가지 일은 '쉼'이라고 하지요?
한동안 일과 사람들한테 치이다가
이때다 싶어서 떠난 피서지에서
오히려 더 파김치가 돼서 돌아오는 경우가 허다한데,
그건 진정한 의미에서의 '휴가'가 아니라는 얘기지요.

편히 쉬러 갔다가
오히려 스트레스 잔뜩 받아서 돌아오는 휴가보다는
북적이는 사람과 짜증 나는 교통 체증
그리고 온갖 소음에서 벗어나 조용히 나를 돌아보는 시간!
말 그대로 진짜 휴식을 누리는 나만의 언플러그드 휴가.
올해는 그런 휴가 계획을 세워보는 건 어떨는지요.

가장 통쾌한 복수

바르게, 아름답게, 정의롭게 사는 것
이것은 모두 하나다.

－소크라테스

세계적으로 성공한 사업가들에게
지금의 이 자리까지 어떻게 올 수 있었는지 물었더니
대부분 같은 대답을 했다는 통계자료를 본 적이 있습니다.
그건 바로 '죽도록 미워했던 원수 덕분'이라는 것이었습니다.
호시탐탐 나를 얕보고 무시했던 사람들을 향해
'이대로 당하지만은 않겠다'
결심하고 죽기 살기로 노력했더니
어느 순간 모든 이들이 우러러보는 자리에
올랐다고 하더군요.

변심한 연인한테 복수하는 방법은
더 좋은 사람 만나서 행복하게 사는 거라고 하지요?
지금 혹시 복수해주고 싶은 누군가가 있다면
포기하고 좌절하는 대신 보란 듯이 성공하는 겁니다.
그게 가장 통쾌하게 복수하는 방법입니다.

인생의 핵심 포인트?

뛰자, 빼자, 끊자!
운동해서 뛰고,
맘속의 기름때, 얼룩 때, 찌든 때를 빼고,
나쁜 습관을 끊자!

─최윤희 『웃음 비타민』 중에서

새해 첫날의 결심을 그냥 지나쳤다면
매달 첫날의 결심을 또 그냥 지나쳤다면
한 주 시작의 결심을 또 또 그냥 지나쳤다면
그래도 괜찮습니다.
지금 다시 결심하면 되지요.
바로 이렇게 핵심 포인트를 기억하면서 말이지요.

뛰자! 빼자! 끊자!

운동화 끈 고쳐 매고 다시 한번 뛰어야겠습니다.
지키지도 못할 약속,
허황된 꿈은 내 안에서 제거해야겠습니다.
나를 살찌우는 음식들도 끊고
내 마음의 기쁨과 여유를 앗아가는
나쁜 생각들도 끊어야겠습니다.
너무 안일하게 산 것 같다면
다시금 변화하고 싶다면
이제라도 새롭게 시작하고 싶다면….

아무리 나빠도
충분히 나쁜지 않다

"지금이 최악이다"라고 말할 수 있는 것은
아직은 최악이 아니기 때문이다.
겁쟁이는 죽음에 앞서 여러 차례 죽지만
용기 있는 자는 한 번밖에 죽지 않는다.

－셰익스피어

"아프다"라고 말할 수 있는 것은
아직은 참을 만하기 때문이라고 합니다.
너무 아프고, 바닥을 치는 최악의 상황이라면
작은 신음조차도 내기 힘들기 때문입니다.

시의 한 구절처럼, 유행가 가사처럼
세상이 우리를 속일지라도
그 어떤 풍파가 우리 앞을 가로막을지라도
절대로 기죽지 않는 자세, 잊지 말아야 할 겁니다.
왜냐하면 '기'가 살아야 '운'도 살기 때문입니다.
더불어 기억해야 할 것은 힘든 일과 아픈 일에는
깊은 뜻이 있다는 사실입니다.
뭔가 일이 안 풀리는 건 일단 멈춤 신호라고 하지요?
멈춰서 어디가 잘못됐는지 살펴보는 과정도 중요합니다.

어떠세요? 요즘 당신의 하루하루는 안녕하신가요?
아무리 나빠도, 충분히 나쁘지 않은 거… 맞으시지요?

내가 쓴 안경

두려움이나 불안은 내가 쓴 안경이다.

−양창순 「닫힌 마음을 여는 15가지 방법」 중에서

우리가 행복하지 않은 이유…
우리가 순간순간 불안해하는 이유 중의 하나는
하루 24시간 행복해야 한다는 강박관념,
뭐든 완벽하게 해내야 한다는 강박관념 때문이라고 합니다.
어떻게 날마다 웃는 일만 있을 수 있을까요?
어떻게 날마다 대박 나는 일만 있을 수 있을까요?
때때로 흐린 날도 있고, 맑은 날도 있고,
좀 더 버는 날도 있고, 좀 덜 버는 날도 있다는 걸 인정하고
거기에 만족하고 감사할 수 있다면
두려움의 안경, 불안의 안경과도
굿바이 할 수 있지 않을까요.
그 안경을 과감히 벗어 던질 때
비로소 닫힌 마음의 문도 열릴 것입니다.

Episode 3

한 번쯤 돌아보기

지금 가는 이 길이 맞는지 궁금하다면

가장 힘이 센 것

가장 높은 곳에 올라가려면 가장 낮은 곳부터 시작하라.

─푸블릴리우스 시루스

하고 싶은 일!

할 수 있는 일!

해야 하는 일!

이 세 가지 중에서 가장 힘이 센 건 뭐라고 생각하시나요?

정답은 '하고 싶은 일'이라고 합니다.

'하고 싶은 일'을 하면서 사는 것만큼

큰 축복도 없다고 하지요?

그렇다면 지금 당신의 삶은 어떤가요?

하고 싶은 일과 할 수 있는 일이 모두 일치하나요?

하고 싶은 일과 해야 하는 일이 모두 따로따로인가요?

그냥 지나쳐라

꿈을 향해 달려가는 길에서
누군가 당신에게
듣기 불편한 말이나 질문을 해 온다면
차라리, 그냥 지나쳐라.

– 구지선 『지는 것도 인생이다』 중에서

경쟁 시대에 살다 보니
아무래도 내 편이 아닌 사람들도 만나게 되고
그들과의 관계 속에서 상처도 받고 공격도 당하기 마련입니다.
그럴 때는 일일이 반응하기보다는
그냥 지나치는 게 낫다고 하지요.
때로는 '지는 것도 인생'이라고
가끔은 한 템포 천천히, 더러는 내가 좀 손해 보더라도
그냥 그렇게 무수한 관계 속에서
적절히 쉼표와 마침표를 사용해가며 사는 것도
괜찮겠다 싶습니다.

눈물 뒤에 웃음

"겨울이 길면 길수록 추우면 추울수록 이 소리가 더 커."
"아프면 아플수록 그걸 깨고 나오는 게 더 힘든 거겠죠."

– 드라마 〈싸인〉 중에서

내 안의 욕심, 분노, 질투, 집착, 서운함, 노여움, 무심함…
결과적으로 나를 힘들게 하고
또 여러 사람을 힘들게 하는 온갖 불순물들을 버릴 수 있다면…
내 안의 온갖 모난 부분들을 잘 다듬을 수 있다면…
지금보다는 한 단계 성장한 나를 발견할 수 있겠지요?

그렇게 되기 위해서 오늘도 또 하나, 버립니다.
그렇게 되기 위해서 쓰디쓴 눈물도 기꺼이, 삼켜봅니다.

나를 살리는 지름길

당신의 가치를 제대로 평가하지 못하는 사람들의
애정을 얻기 위해 애쓰지 말고,
당신의 진가를 알아주는 사람들에게 관심을 기울여라.

－웬디 패리스 『스무 살이 넘어 다시 읽는 동화』 중에서

링컨, 간디, 마틴 루서 킹, 아인슈타인 등
위대하고 훌륭한 삶을 산 우리 인생의 스승들의 공통점은
자신의 기준을 스스로 높였다는 것입니다.

야속하게도 나를 몰라주는 사람을 향해 눈물을 흘리기보다는
나를 넘어뜨리고 무너뜨리는 사람을 향해 이를 갈기보다는
나를 일어서게 하고 자극을 주는 사람을 향해
더 열심을 내는 것.
그게 나를 살리는 지름길이겠지요.

기본을 건너뛴 오만

"라스페라 파스타의 기본을 모두 완벽히
익힌 후에 네 레시피를 고집해라!
기본을 건너뛴 창의는 오만이다.
손님들이 아는 맛에만 안주하지 말고
새로운 맛있는 맛을 선보여야 하는 것은
요리사의 권한이자 의무이다.
너의 기본은 셰프인 내가 책임진다. 오케이?"

－드라마 〈파스타〉 중에서

음식의 다양한 레시피에 있어서 무엇보다 중요한 것은
기본에 충실한 다음 자신이 원하는 것을
선보이는 것이겠지요.
이건 비단, 음식에만 적용되는 얘기가 아니라
모든 일에 적용해야 할 진리 아닐까요.
기본부터 밟은 다음 자연스레 다음 단계를 밟는다면
분명 탄탄한 결과를 얻을 수 있을 겁니다.
더불어 기억해야 할 것은
기본이 안 돼 있거나 기본이 아예 없는 사람은
결국 신뢰받지 못하고 실력도 금방 드러난다는 사실입니다.

비우는 작업

삶에서 잡동사니를 제거하라.
주변에 고통스러운 기억을 불러일으키는 대상이 있다면
그것과도 결별하라.
그것이 행복으로 가는 지름길이다.

– 뤼디거 샤헤 『마음의 자석』 중에서

뭔가를 얻기 위해서는
비우는 작업부터 해야 한다고 하지요?
과거에 연연하는 마음도 버리고
돌이킬 수 없는 것들에 관한 미련도 버리고
내 것이 아닌 것들에 대한 집착도 버릴 수 있을 때
비로소 평화와 안정, 행복이 찾아오겠지요.
쓸모없는 것들을 과감히 치우고 버릴 수 있을 때
그 자리에 더 좋고 더 새로운 것들이 채워지겠지요.
그러기 위해서는 당장에 과감히
욕심과 집착으로 그득한 '마음 청소'부터 해야 할 텐데
문득 이런 생각이 스쳐 가기도 합니다.
'다른 건 다 버려도 이것만은 절대 버릴 수 없어!'라고
하는 것마저도 버릴 수 있어야 하지 않을까… 하는.
정말로 새로운 뭔가를 원한다면
이것만은 절대 버릴 수 없다고 외치는 그것!
그것을 향한 집착부터 버려야 하는 건 아닐까요.

마음속의 내비게이션

햇볕이 잘 드는 그 어느 곳이든 잘 놓아두고서
한 달에 한 번만 잊지 말아줘.
물은 모자란 듯하게만 주고

차가운 모습에 무심해 보이고
가시가 돋아서 어둡게 보여도
걱정하지 마, 이내 예쁜 꽃을 피울 테니까.

언젠가 마음이 다치는 날 있다거나
이유 없는 눈물이 흐를 때면 나를 기억해.
그대에게 작은 위로가 되어줄게.

－에피톤프로젝트 〈선인장〉 중에서

그런 생각이 드는 날이 있습니다.
사람들 마음속에도 내비게이션이 달려 있으면 어떨까, 하는….

— 지금처럼 진심을 보여준다면 곧
그 사람의 마음도 돌아설 겁니다.
— 그렇게 일방통행만 고집하다가는
서로의 간격이 더 멀어질 겁니다.
— 싸움 후 하루 이내에 화해하지 않으면
애정전선에서 이탈될 확률이 높습니다.
지금 방향을 돌려 그 사람에게 달려가십시오.

마음속에 이정표가 있다면 상대방을 향한
내 마음의 방향이나 속도를
그때그때 잘 조절할 수 있을 텐데….
요즘 당신의 마음은 어디를 향해,
어떤 속도로 가고 있으신가요?

No라는 대답도 괜찮다!

텔레마케터로 활동하면서 하루 종일 전화기를 잡고 욕을 들었다.
그 직업을 경험하면서 씩씩해졌다.
도전하는 것에 대해 No라는 대답을 듣는 것에
두려움이 없어야 한다.
텔레마케터로 일할 때, No라는 대답을 세 번 들어야
전화를 끊을 수 있었다.

– 김주원 《경향신문》 기사 중에서

방송인 김주원 씨는 2009년 봄,
호주 퀸즈랜드 관광청이 주관하는 '꿈의 직업' 프로젝트에 도전해
전 세계 35,000 : 1의 경쟁을 뚫고 최종 후보 16인에 오른 후,
여러 차례 갖게 된 인터뷰 자리에서
이런 뒷얘기를 했다고 합니다.
"No라는 대답을 듣는 것에 대한 두려움이 없어야 한다!"
그는 어려서부터 바텐더, 웨이터, 농구 코치 등
다양한 경험을 했다고 합니다.
모든 도전에 실패라는 건 없다면서 오히려 좋은 경험과
나쁜 경험 모두를 배울 수 있었다는
얘기를 덧붙이기도 했습니다.

"꿈은 이루어진다."
"꿈꾸는 대로 이루어진다."
"꿈은 꾸는 만큼 이루어진다."
문득, 이 슬로건들이 예사롭지 않게 느껴지네요.
그동안 주저주저하고 뒷걸음질 쳤던 것들에서 벗어나
작은 일이라도 도전해 성취의 기쁨을 맛보는 것
설령 그것이 실패로 끝난다고 해도
그 과정을 즐기는 느낌만큼 짜릿한 게 또 있을까요.

이게 최선입니까?

어떤 문제에 부딪히면
나는 미리 남보다 시간을 두세 곱절 더 투자할 각오를 한다.
그것이야말로 평범한 두뇌를 지닌 내가
할 수 있는 최선의 방법이다.

– 안철수 『CEO 안철수 영혼이 있는 승부』 중에서

출발점은 모두 같은데 도착 지점에 가보면
사람마다 다른 결과가 나옵니다.
도착 지점에 갈 것도 없이 그 전에 이미
도중하차하는 경우도 허다합니다.
무엇보다 의지와 노력의 차이가 있기 때문이겠지요.

어떤 일이 안 풀릴 때 지극히 평범한 우리가 탓할 수 있는 것은
환경도 아니고, 다른 사람도 아니고, 나쁜 내 머리도 아닌
그 일을 향한 나의 애정, 관심, 의지일 것입니다.
부족하다 싶을수록 남들보다
더 많이, 더 열심히, 더 뜨겁게
그 문제에 매달려 해결하려는 강한 의지를 갖는 것
이것이야말로 평범한 두뇌를 지닌
우리가 할 수 있는 최선일 것입니다.

대접받고 싶다면

나이가 들면서 나는 내 자신이 가지고 있는
나약함에 대처하는 방법을 아주 자연스럽게 알게 되었다.
그 방법이란 바로 남들 앞에서 강해 보일
필요가 없다는 것이었다.
있는 그대로 내가 가지고 있는 약점을 인정하고
가능한 한 유리하게 바꿔보자고 생각한 뒤에야
열등감에서 벗어날 수 있었다.

–엔도 슈사쿠 『나를 사랑하는 법』 중에서

나이 들어서 대접받고 싶다면 이렇게 하라고 하지요?
'입은 닫고, 지갑은 열어라!'
지갑을 여는 사람이 대접받는 거야 당연한 소리일 겁니다.
다만, 입을 열고 닫는 건
상황 잘 봐가면서 해야 환영받는다는 얘기입니다.

아무리 좋은 말도 자꾸 반복하면 잔소리로 들린다고 하지요?
말하는 것보단 들어주는 게 좋고,
참견하고 설교하기보단 격려하고 후원해주는 게
좋다는 얘기입니다.
나이 들어서 대접받고 싶다면
한마디로, 분위기 파악을 잘해야 한다는 얘기입니다.

척 때문에

잠자는 일만큼 쉬운 일도 없는 것을,
그 일도 제대로 할 수 없어 두 눈을 멀뚱멀뚱 뜨고 있는
밤 1시와 2시의 틈 사이로
밤 1시와 2시의 공상의 틈 사이로
문득 내가 잘못 살고 있다는 느낌, 그 느낌이
내 머리에 찬물을 한 바가지 퍼붓는다.

−오규원 「문득 잘못 살고 있다는 느낌이」 중에서

금융위기 이후 수많은 미국 가정이 집을 잃고 파산한 이유는
'부자인 척'하는 생활 습관 때문이었다는
기사를 본 적이 있습니다.
진정한 부자는 부자인 척하지 않는다고 하지요?
굳이 '척'하지 않아도 은연중에 다 드러나기 때문입니다.
'척'하는 모습이 아니라
있는 그대로의 진솔한 모습이 점점 더 그리워지는 시대입니다.
가면을 벗은, 포장하지 않은 모습이
점점 더 보고 싶어지는 시대입니다.

이건 사람이 좋다

모든 관계의 문제는 말을 못해서가 아니라,
제대로 듣지 못해서 생기는 경우가 훨씬 더 많다.

－이민규 『끌리는 사람은 1%가 다르다』 중에서

사람들은 말을 잘하는 사람보다
잘 들어주는 사람을 더 좋아합니다.
누군가 내 얘기를 잘 들어주면
존중받고 이해받는다는 느낌이 들기 때문입니다.

사회생활을 하다 보면 일 자체보다는
사람 때문에 힘들어지는 경우가 많은데,
'듣는 귀'의 자세로 일한다면
지금의 힘듦이 절반으로 줄어들겠지요.
내가 하고 싶은 말보다는 상대방이 듣고 싶어 하는
말을 하는 습관!
이것이 원만한 대인관계는 물론
원만한 사회생활의 지름길이라는 사실을 기억해야겠습니다.

마음을 움직이는

언제나 속마음은 스스로를 피곤하게 한다.
말하지도 못하면서 기대하고,
기대하면서도 후회하고…
배려라는 테두리로
속마음을 너무 감추는 것은 아닐까?

−심승현 「파페포포 메모리즈」 중에서

"모든 사람은 '이 세상에서 단 하나뿐인 꽃'이다!"

"사람과 사람의 끈을 소중하게 여겨라!"

"살아 있기만 한다면 분명 좋은 일이 생길 것이다!"

이런 문장을 보고 공감한다면

당신의 감성은 아직 충만하다는 것, 믿으시나요?

어떤 좋은 명언이나 가슴을 울리는 사랑글을 보고도

마음의 동요가 없는 사람들은

그만큼 삶에 지치고 사람에 지쳤다는 뜻이겠지요.

사는 동안 내 마음을 울린 한마디!

그게 누군가에게 들은 것이든 책에서 본 것이든

한번 떠올려보면서

살아 꿈틀거리는 내 감성을 느껴보고

내 마음을 정화시켜보는 건 어떨는지요.

함께 밥 먹고 싶은 사람

호감 가는 사람이란?
만날 때마다 먼저 즐거운 인사를 하는 사람.
조그마한 호의에도 고맙다는 인사를 할 줄 아는 사람.
남에게 말한 대로 자기도 그렇게 살려고 애쓰는 사람.
전화를 잘못 걸고 미안하다고 사과할 줄 아는 사람.
잘못한 걸 알면 잘못을 솔직히 시인하는 사람.

－인터넷 펌글

대인관계가 원만한지 그렇지 않은지
호감 가는 사람인지 아닌지 구분 짓는 방법.
"함께 밥 먹고 싶은 사람인가?"

밥 한 끼 먹는 게 무슨 대수냐고 할 수도 있겠지만
친해지고 싶거나 가까이에 두고 싶은 사람이 생겼을 때
우린 "언제 밥 한번 먹자"라는 말로
호감을 표현하기 때문입니다.
반면, 너무 싫고 불편하고 가까이하고 싶지 않은 사람과는
밥은 고사하고 같은 식당에 가는 것조차 마다하고 싶지요.

함께 밥 먹고 싶은 사람
함께 있으면 식사 자리가 즐거워지는 사람
그런 사람 리스트에 내 이름 석 자가 올라가는 것!
이것도 참 괜찮은 인생이겠지요?

아는 척과 진짜 아는 것

그 사람의 신발을 신고 세 달을 걸어보기 전에는
그 사람을 판단하지 말라.

－인디언 속담

우리가 누군가를 안다고 말할 때
그게 정말 제대로 알아서 안다고 하는 건지
아니면 그저 단편적인 경험을 통해서 안다고 하는 건지
구분할 줄 알아야 합니다.
입장 바꿔 생각하면
누군가 나에 대해 제대로 알지도 못하면서 아는 척을 할 때
그때의 기분을 생각하면 답이 절로 나오지요?
내 상식으로는 도저히 이해 안 된다고 해서
상대방을 함부로 판단하기보다는
'무슨 사연이 있겠거니' 생각하는 자세가 필요합니다.
내 입장만 고수하기보다는
다른 사람의 의견에도 귀를 기울이는 자세가 필요합니다.

웃어야 하는 명백한 이유

낙하산과 얼굴의 공통점은 둘 다 펴져야 산다는 것입니다.
낙하산이 펴지지 않으면 사람이 죽게 되고,
얼굴이 펴지지 않으면 서비스가 죽게 됩니다.
얼굴은 내 것이지만 표정은 상대를 위한 것입니다.

－조영탁 『행복한 경영 이야기』 중에서

최고의 성형은 얼굴 찌푸리지 않는 것이라고 하지요?
아무리 성형에 성공해 멋진 외모로 거듭났다고 해도
그 얼굴에 웃음이 없다면 그것처럼 못난 얼굴도 없을 겁니다.

"얼굴은 내 것이지만, 표정은 상대를 위한 것이다."

우리가 항상 웃고 다녀야 하는 명백한 이유입니다.

이로운 친구 VS 해로운 친구

가장 나쁜 친구는 잘못한 일에도 꾸짖지 않는 친구이고,
가장 해로운 사람은 무조건 칭찬만 해주는 사람이다.

– 프랭클린 「쉬어가는 편지」 중에서

가장 가까이해야 할 사람과
가장 멀리해야 할 사람에 대한 구분, 가지고 계신가요?
가장 무서운 사람은 나의 단점을 알고 있는 사람이고
가장 불쌍한 사람은 만족을 모르고 욕심만 부리는 사람이며
가장 나약한 사람은 약자 위에
군림하고 있는 사람이라고 합니다.

여러 모습의 사람들이 한데 어울려 살아가는 이곳에서
나는 과연 어떤 모습으로 살고 있는지
어떤 모습의 누군가를 만나며 살고 있는지
찬찬히 되돌아볼 필요가 있는 것 같습니다.

결코 일어나지 않는 근심

나는 근심으로 가득 찬 긴 삶을 살았다.
그러나 한 가지 기이한 사실은
그 근심의 10분의 9는 결코 일어나지 않았다는 것이다.

－허버트 카슨

풀릴 근심이라면 저절로 풀릴 것이고
안 풀릴 근심이라면 근심해봤자 속만 썩을 겁니다.
그저 시간에 맡긴 채
순리대로 흘러가기를 바라는 게 현명하다는 걸 알면서도
왜 오늘도
한 손으로 턱을 괴고는
창밖의 먼 산을 바라보고 있는 건지 모르겠습니다.
왜 이토록
어리석음을 반복하고 있는 건지 모르겠습니다.

생각주간을 통한 우선순위 정하기

생각주간이란?
1년에 한두 차례 1주일 동안 일상적인 일에서 벗어나
한 가지만 집중적으로 생각하는 것을 말한다.
빌 게이츠 마이크로소프트 창업주가 실천한 것으로 유명하다.

– 경제용어사전 '생각주간'의 정의

'생각하는 주간'을 따로 갖는다?

앞서 가는 사람은 뭐가 달라도 확실히 다른 것 같지요?

빌 게이츠는 '생각주간'에 전략을 짠다고 합니다.

바로 이때 모든 연락을 끊고

책 몇 권을 들고 어디론가 들어가

오직 '생각'만 한다고 합니다.

이 시간을 통해 앞으로 어떤 방향으로 나아가야 하는지

남은 인생은 어디에 집중해야 하는지

깊이 생각한다고 하더군요.

능력이 없고 주의가 산만한 사람일수록

한꺼번에 많은 것을 하려고 한다지요?

뭔가를 제대로 해내고 또 그 안에서 최고가 되기 위해서는

가장 먼저 해야 할 것과

하지 말아야 할 것을 정해야 합니다.

'생각주간'을 따로 갖기 어려운 우리의 일상에서

우리가 할 수 있는 최선은

틈틈이 '삶의 우선순위'를 세워보는 일일 것입니다.

지금 당신의 당면 과제 중

최우선에 두어야 할 것은 무엇인가요?

함부로 단정 짓지 않기

사람들은 무엇인가에 정의 내리기를 좋아한다.
하나의 직업으로 그 사람을 규정하고,
몇 가지 단서를 통해 모든 것을 다 안다는 듯 단정한다.
수잔 손택은 자신의 저서 『사진에 관하여』에 적고 있다.
세상을 이해하는 것은 눈에 보이는 것을
그대로 믿지 않는 것에서 시작한다고….

– 김태훈 『랜덤 워크』 중에서

정신 건강에 있어서 중요한 것은
'내 마인드의 반대편에 대해서도
많이 생각하는 것'이라고 합니다.
술 잘 마시는 사람의 경우
회식 자리에서 술 한 잔 못 마시는 사람을 두고
비난할 게 아니라
그 사람에게는 그 자리가 얼마나 불편하고 힘들까를 생각하고,
각종 모임으로 삼삼오오 모일 때
누군가 먹고사는 일이 바빠 참석하지 못한다고 하면
너무 여유 없이 아등바등 산다고 흉볼 게 아니라
그렇게 악착같이 살지 않으면 안 되는
삶의 고뇌를 헤아려주는 것입니다.

내 스타일과 내 생각만을 고집하고 옹호하는 건 일방통행이고
그런 행위는 결과적으로 내 심신의 건강 상태를
마이너스로 만들기 때문입니다.

딱 30초만 더 생각하기

"인생은 늘 끊임없는 결정의 순간을 갖고 있지.
30초 규칙이란 어떤 일을 결정해야 하는 순간에 섰을 때
딱 30초만 더 생각하라는 것일세."

－호아킴 데 포사다 · 엘런 싱어 『마시멜로 이야기』 중에서

인생은 끊임없는 선택과 결정의 연속입니다.
오늘 점심으로 회사 밖에서 조금 비싼 메뉴를 먹어야 할지
아니면 구내식당에서 간단하게 먹어야 할지
별다른 끌림이 없는 소개팅 상대를
어른들 눈치 봐서 한 번 더 만나야 할지
이쯤에서 과감하게 접어야 할지
조금 무리다 싶더라도 월차를 지금 쓸지
지금 좀 힘들더라도 차곡차곡 모아
나중에 한꺼번에 쓸지
우리는 매 순간 크고 작은 일로 고민하고 갈등하며
결정을 망설입니다.
누군가 그 순간 "웬만하면 그냥 이렇게 하지!"라고
말해주는 게 오히려 고맙게 느껴질 정도로 말이지요.
바로 그때, '30초 규칙'을 생각해보는 겁니다.
우유부단하게 망설이는 게 아니라
혹은 누군가의 의견에 그저 단순하게 따라가는 게 아니라
내 의지와 신념으로
한 번 더 신중을 기하는 의미에서 생각해보자는 30초 규칙!
그 시간 동안 어쩌면 안 보이던 게 보이고
미처 몰랐던 게 떠오를 수도 있을 테니까 말입니다.

간절히 빌고 또 빈다면

"무엇보다도 먼저 네 마음의 문을 열어놓지 않으면
아무도 네가 말하는 것을 듣지 못한다."

– 최인호 『달콤한 인생』 중에서

무언가를 간절히 빌면 이뤄진다고 하지요?
아무리 빌고 또 빌어도 소원이 이뤄지지 않는다면
혹시 이런 것 때문은 아닌지 생각해보세요.
"내 소원이 너무 터무니없기 때문은 아닐까?"
"나보다 다른 사람 기도가 더 급하기 때문은 아닐까?"
"아직 내 기도를 들어줄 때가 안 됐기 때문은 아닐까?"

어떠세요? 하늘을 원망하고 세상을 탓하려고 했던 마음에
조금이나마 여유가 생기는 것 같지 않으신가요?
날마다 간절히 비는데도 아직 원하는 걸 얻지 못했다면
조금만 더 믿고 기다려보는 겁니다.
분명 내가 생각한 것보다 더 크고 좋은 걸로
채워질 날이 올 테니까요.

순간 포착

계절은 아름답게 돌아오고
재미있고 즐거운 날들은 조금 슬프게 지나간다.

– 에쿠니 가오리 『호텔 선인장』 중에서

카메라 셔터를 누른다고
다 멋진 사진이 나오는 게 아니지요?
초점을 맞추지 않고 셔터를 눌러대면
엉터리 사진만 나올 뿐인데
초점 맞추기, 잘되는 편이신가요?
기본적으로는 초점 맞추기가 중요하지만
그 외, 대상의 어디에 초점을 맞추느냐에 따라
사진은 또 얼마든지 달라집니다.
사진작가들이 말하기를 좋은 사진을 찍는 첫 번째 방법은
그 순간을 놓치지 않는 것이라고 합니다.
대상을 예의주시하고 있다가 가장 결정적인 순간
그 찰나의 타이밍에 셔터를 누르는 '순간 포착'의 기술이
좋은 사진을 탄생하게 한다는 것이지요.
사랑도 이와 다르지 않을 겁니다.
누군가를 만나고, 사랑하고,
오랫동안 지켜갈 수 있는 최고의 방법은
사랑하고 있는 지금 이 순간을 놓치지 않는 것.
이미 지나가 버린 과거도 아니고 아직 오지도 않은 미래도 아닌
지금 내 곁에 있는 그 사람을
아낌없이, 충분히, 사랑하는 것이겠지요.

72시간의 법칙

빨리 가려거든 혼자 가라.
멀리 가려거든 함께 가라.
외나무가 되려거든 혼자 서라.
푸른 숲이 되려거든 함께 서라.

-인디언 속담

어떤 생각이나 계획을 머릿속에 떠올렸을 때
그것을 실행에 옮기기까지 얼마의 시간이 걸리시나요?
72시간 내에 실행에 옮기는 편이신가요?
어떤 연구 결과를 보니까
머릿속에 떠오른 계획을 72시간 내에 실행하지 않을 경우
이것이 실행되는 경우는 거의 없다고 합니다.
나중에라도 실행에 옮기는 경우는
겨우 1% 정도밖에 되지 않는다고 하더군요.
72시간의 법칙!
매 순간 이 법칙대로만 움직인다면
우리 삶이 조금은 더 근사하게 바뀌겠지요.

내가 영향받는 것

두 가지에서 영향받지 않는다면
우리 인생은 5년이 지나도 지금과 똑같을 것이다.
그 두 가지란, 우리가 만나는 사람과 우리가 읽는 책이다.

– 찰스 존스

책은 짧은 시간 안에 과거와 현재,
그리고 시간과 공간을 뛰어넘어
훌륭한 사람들을 만나게 해주는 최상의 도구임에 분명합니다.
좋은 사람과의 만남은
멋진 인생으로 탈바꿈하는 계기가 되기도 합니다.
더 무슨 말이 필요하겠습니까.
찰스 존스의 이 말을 덧붙여봅니다.

"한 시간이 주어지면 책을 읽고
한 달이 주어지면 친구를 사귀어라."

총무형 인간

총무형 인간의 특징.
특별한 용건이 없더라도 주기적으로 여러 사람과 연락한다.
모임에서 약속 시간이나 장소를 주도적으로 정한다.
사람들의 개인적인 이야기를
내가 가장 많이 알고 있다고 생각한다.
많은 사람에게 내 속마음을 속 시원히 털어놓지 못하는 편이다.
나는 여러 모임에 여기저기 다 속해 있는 일종의 '교집합'이다.
모임에서 내 얘기를 하기보다는 다른 사람의 얘길 듣는 편이다.

-《서울경제》「리빙 앤 조이」기사 중에서

흔히 그러지요?

인맥 네트워크, 그 중심에는 '총무형 인간'이 있다고.

성격상 총무형 인간을 자처하는 사람도 있겠고

그러지 못하는 사람도 있을 겁니다.

성격상 총무형 인간을 가까이에 두는 사람도 있겠고

다가오는 총무형 인간을 멀리하는 사람도 있을 겁니다.

이런저런 유형의 사람들 속에서 당신은 어디에 서 있으신가요?

당신이 어디에 서 있든 정작 중요한 건 이것이겠지요.

내 인생의 '성공'을 보장해주는 인맥보다는

내 인생의 '행복'을 보장해주는 인맥이 더 소중하다는 사실.

이럴 땐 최선을,
저럴 땐 체념을

남들은 다 달려가는데, 나 혼자만 제자리에 서 있는 것 같은
느낌이 들 때가 간혹 있습니다. 살아간다는 것은 어떤 의미로는
현실에 도전해나간다는 뜻이기도 합니다.
자기 스스로 감당할 수 있는 것, 땀 흘린다는 것,
이것만으로도 우리 삶의 의미는 충분합니다.

—이정하 「우리 사는 동안에」 중에서

어떤 일의 도전을 눈앞에 두고 있을 때
'왜 그 일을 할 수 없는가?'에 대한 변명거리만
준비하는 사람이 있는가 하면
'나라고 그 일을 하지 못할 이유가 전혀 없다!'
이런 모험심으로 출발하는 사람도 있습니다.
그렇다면 당신은 전자인가요, 후자인가요?
잘할 수 있는 일인데도 불구하고 시도하지 않는 건
자신에 대한 포기이자 어떤 의미에서는 '죄'입니다.
반대로, 절대 할 수 없는 일인데도 고집을 부리는 건
용기가 아니라 만용이지요.
그렇다면 지금 당신의 모습은 어느 쪽에 가까우신가요?
잘할 수 있는 일과 결코 할 수 없는 일의 구분이
잘되는 편이신가요?
이 둘의 구분 다음, 할 수 있는 일이라면 최선을 다하고
할 수 없는 일이라면 체념할 줄도 아는 것
이것이 지금의 이 시대를 지혜롭게 살아가는
또 하나의 방법일 겁니다.

자신감은 모든 성공의 시작

으레 그렇게 될 수밖에 없는 악운으로 여겨지는 것.

– 「표준국어대사전」, '징크스'의 정의

허정무 감독은 2010년 남아공월드컵 그리스전에서 승리한 뒤
우리 대표팀 경기 때마다 빨간 넥타이를 맸다고 합니다.
승리를 갈구하는 그만의 행운의 징표였다고 합니다.
SK의 김성근 감독은 무심코 면도를 안 했는데
계속 이기더라면서
'안 깎은 수염'이 행운의 징표였다고 말하기도 했습니다.

어떤 심리학자는 행운의 징표가 되는 것들을 가지고 있을 때
늘 행운이 따라오는 건 아니지만
'자신감'만큼은 확실히 배가된다고 말하고도 있습니다.
잘될 거라는 믿음! 그 자신감이 있다면
이미 반은 이기고 들어가는 게임이기 때문이겠지요.
모든 성공의 시작인 자신감
그 자신감을 불러오는 행운의 징표
당신에게는 무엇이 그러한가요?

먼저 다가가기

사랑받고 싶으면 사랑하면 된다.
친구가 필요하면 친구가 되면 된다.
그리고 편지를 받고 싶으면 편지를 하면 된다.

– 가네히라 케이노스케 「1초만 칭찬하라」 중에서

해보지 않으면 좋은지 나쁜지 알 수 없는 것
그 대표적인 것으로 사랑과 여행을 꼽을 수 있습니다.
사랑과 여행의 공통점 하나를 더 꼽는다면
'기다림'이 아니라, '다가감'이라 말할 수 있을 겁니다.
내가 먼저 손 내밀고 내가 먼저 발 내딛을 때
상대방과 가까워지고, 멋진 풍경도 내 안으로
들어오기 때문입니다.
가만히 있는데 거저 되는 건 없습니다.
아무리 자동문이라도 저 멀리서 바라만 보고 있다면
그 문은 결코 열리지 않지요?
문 앞으로 바싹 다가가야만 자동문은 제 기능을 합니다.
문 앞으로 가까이 다가가야 열리는 자동문처럼
사랑과 여행, 그리고 모든 일을 이룸에 있어서
바싹 다가감이 필요합니다.
먼발치서 짐작하고 예측하고 걱정하고 두려워하기보다는
담대한 자신감으로 기꺼이 먼저 다가가는 것
그게 필요합니다.

우리 삶의 슬로건

당신의 생애에 있어 가장 눈부신 날은
흔히 말하는 성공의 날이 아니라,
비탄과 절망 속에서 생에 대한 도전을 느끼고
장차 올 성취를 기대하는 날이다.

– 귀스타브 플로베르

68세 할머니가 토픽에 실려 무슨 일인가 들여다봤습니다.
전북 완주군에 사시는 이 할머니는
운전면허 필기시험에 771번이나 떨어졌음에도 불구하고
절대 포기하지 않고 다음 도전을 준비하고 있다고 해
주목을 받고 있는 것이었습니다.
그동안 필기시험에 들인 전형료만 4백만 원에 이른다는군요.
이 할머니는 시험에 붙을 때까지
몇 번이고 더 도전할 것이라고 합니다.

"내 사전에 절대 포기란 없다. 도전이 있을 뿐이다!"
할머니뿐 아니라, 우리 모두의
삶의 슬로건이 됐으면 좋겠습니다.

갈망

먼 데 있는 것에 대한 욕심 때문에
가까이 있는 것을 무시하지 마라.
지금 가까이에 있는 것도 한때 당신이 갈망하며
소망했던 것이었음을 기억하라.

─에피쿠로스

우리가 뭔가를 이루지 못하는 건 절박함이 없어서라고 하지요?
뜻한 바를 이루기 위해서는 '절박함'을 즐기라고 하는데
지금 이 순간, 무언가에 대해 절박함이 있으신가요?
절박함은 미뤄왔던 행동을 이끌어내는
중요한 동기가 된다고 합니다.

스스로 일의 마감을 정해놓고 위기 상황을 예측하는 것이
자기 자신을 자극해 움직이게 만든다는데요,
자기 발전의 기회가 되고 변화의 원동력이 되는
솟구치는 절박함과 간절한 갈망…
이것들이 내 안에 있는지, 수시로 들여다볼 일입니다.

고마워요

해 질 녘 반쯤 열린 5월의 창에서
머리카락을 조금씩 흔들어주는 바람에
고마움을 느낄 수 있다면
이미 행복을 맛보고 있는 것입니다.

— 원태연 「행복 만들기」 중에서

운전 중 안개가 시야를 가릴 때 가장 고마운 건
앞에 가는 차량의 불빛입니다.
한 치 앞도 보이지 않는 그 길을 달릴 때
내 앞에 있는 차량의 불빛이 너무도 고마운
인도자가 돼주는 것처럼
인생길에서 만난 안개와 어둠
그 속에서 손 내밀어준 누군가를 잠시 떠올려 봅니다.

내 삶의 소중한 인도자가 돼준 한 명 한 명에게
오늘은 꼭, 고맙다고 말하고 싶습니다.

어른이 된다는 건

30대는 무엇이든 잘할 필요는 없지만
무엇이든 해두지 않으면 안 된다고 할 수 있습니다.
자기를 알아주지 않는다고 화를 내서는 안 됩니다.
중요한 것은 많은 사람에게 이름을 알리기보다
눈앞에 있는 한 사람의 관객에게 감동을 안겨주는 것입니다.

─ 나카타니 아키히로 『30대에 하지 않으면 안 될 50가지』 중에서

단순히 세월의 나이를 먹는 것만으로는
'어른'이라고 할 수 없을 겁니다.
진정으로 어른이 된다는 건 무엇을 말하는 건지
과연, 인성과 됨됨이 면에서
제대로 된 어른의 모습을 갖추고 있는 건지
삶에 있어서 명확한 기준을 잘 세우고 있는 건지
때때로 나 자신에게 냉정하게 질문해볼
필요가 있지 않을까요.
바로 이렇게요.
"너, 진짜… 어른스러운 어른, 맞니?"

Episode 4

다시
시작하기

끝이라고 생각되는 그 순간에 있을지라도

나의 타이밍

포기하지 마세요.
당신은 지금 무너진 것이 아니라
잠시 앉아서, 누워서, 엎드려서
쉬고 있는 중일 거예요.

－W. ANGEL

한다고 하는데도 왠지, 나만 뒤처진 것 같은
생각이 드는 날이 있습니다.
이런 생각들이 걷잡을 수 없이 밀려들기 시작하고
하루가 멀다 하고 이런 날들이 반복될수록
자신감은 상실되고 사람들 앞에 나서기가 두려워집니다.
한때의 호기는 어디로 사라졌는지
도무지 찾아볼 수가 없습니다.
'원래 나는 이런 사람이었나?'
의구심마저 당연하게 여겨지는 순간도 맞게 됩니다.

그때 어느 책에선가 본 이 구절을 떠올려 봅니다.
"제철에 피는 꽃을 보라. 개나리는 봄에 피고
국화는 가을에 피지 않는가."

여전히 앞날은 희뿌옇지만…
머지않아 나의 타이밍, 나의 시대가 오면
그때는 좀 더 어깨를 펼 수 있게 되겠지요.
그런 날이 곧 오리라는 것을 믿으며 살아야 하는 것이겠지요.

세 부류의 친구

첫 번째 부류는 음식과 같아서 매일 필요하고,
두 번째 부류는 약과 같아서 가끔 필요하며,
세 번째 부류는 병과 같아서 매일 피해 다녀야 한다.

—박광수 『참 서툰 사람들』 중에서

살다 보면 세 부류의 사람들을 다 만나게 됩니다.
당신은 어떤 부류에 속하시나요?
가능하면 음식 중에서도 가장 자주 먹는
밥 같은 존재면 좋겠고
가끔이나마 필요한 순간에 적절한 치료제가 되는
약 같은 존재도 좋겠습니다.
만약 이게 무리라고 한다면
최소한 너도나도 피해 다니는 존재만 아니어도
참 다행이겠다… 싶습니다.

영영 잃고 싶지 않다면

당장 편하자고 남의 손을 빌리면
성공의 기쁨도 영영 남의 것이 된다.

─ 앤드루 매슈스

가끔 몸과 마음이 힘들고 지칠 때면
이런 생각이 들곤 합니다.
'누가 나 대신 일 좀 해주면 안 되나?'
그때 기억해야 할 것이 바로 이 말입니다.
"당장 편하자고 남의 손을 빌리면
성공의 기쁨도 영영 남의 것이 된다."

살다 보면 가끔 꾀가 나는 날도 있기 마련입니다.
그럴 때 잠시 쉬어가는 한이 있더라도
끝내는 내가 직접 하는 게
만족감도 있고 성취감도 있다는 것
잊지 말아야겠습니다.

치러야 할 수업료

인생은 좋아하는 것만 골라 먹을 수 있는 뷔페가 아니라
좋은 것을 먹기 위해 좋아하지 않는 디저트가 따라오는 것도
감수해야 하는 세트 메뉴다.

– 한비야 「그건 사랑이었네」 중에서

어릴 때가 좋았다고 말하는 사람의 마음에는
'책임지지 않아도 되니까…'
'내가 원하는 것만 해도 되니까…'
아마도 이런 생각이 담겨 있을 겁니다.
점점 나이를 먹고 어른의 세계에 발을 들일수록
사회적 위치와 체면 때문에 감당해야 하는 책임감과
그로 인해 마음에 한가득 생기는 부담감으로 인해
하루가 멀다 하고 피로와 괴로움을 호소하는 게
우리네 모습일 겁니다.

상투적인 말이지만, 영원한 진리라고 하면
수고하지 않고 얻어지는 기쁨은 없다는 사실입니다.
내가 원하는 그것을 위해 포기해야 할 것도 있고
참아야 할 것도 있다는 것
묵묵히 감당한 수고 뒤에는 그만큼의 보상이 뒤따른다는 것
그 사실을 빨리 받아들이는 게 현명한 처사가 아닐까요.

방심은 금물

삶은 아주 빠르다.
삶은 우리를 천국에서 지옥으로 데려다 놓는다.
단 몇 초 사이에….

–파울로 코엘료 『11분』 중에서

'방심은 금물'을 표현한 것들 중 이런 문구가 있지요?

"교통사고의 80%는 집 근처에서 일어난다!"

"축구 경기는 후반 5분을 조심하라!"

주행 중에는 아무래도 긴장을 하다가

집에 도착할 때쯤 되면 그 긴장을 풀면서

사고가 난다는 얘기이고

이젠 끝난 게임이라고 여기며 방심하는 순간

동점골이나 역전골을 허용하게 된다는 얘기입니다.

매 순간 가슴 졸이며 긴장할 필요는 없겠지만

그렇다고 너무 마음을 놓은 채

무방비 상태로 있어서도 안 되겠지요.

이젠 다 됐다고 생각할 때

바로 그때가 가장 중요하고 위험한 순간이라는 것

잊지 말아야겠습니다.

꼭 하거나 절대 안 하거나

버리면 얻는다.
그러나 버리면 얻는다는 것을 안다 해도
버리는 일은 그것이 무엇이든 쉬운 일이 아니다.
버리고 나서 오는 것이 아무것도 없을까 봐,
그 미지의 공허가 무서워서
우리는 하찮은 오늘에 집착하기도 한다.

−공지영 「수도원 기행」 중에서

『20대에 꼭 해야 할 50가지』
『사랑하는 사람끼리 꼭 해야 할 100가지』
『죽기 전에 꼭 가봐야 할 여행지 50곳』
언젠가 서점의 각종 진열대를 장식한 책들의 제목입니다.
보다 즐겁고, 의미 있고, 가치 있는 삶을 살고 싶다면
책에서 안내하는 대로 한번 해보라는 것이지요.
상황이 이렇다 보니 남들 다 하는데
나만 안 하면 뒤처지는 것 같아
마치 유행처럼 이것저것 많이 도전해봤을 겁니다.
혹은 엄두도 못 내고 있는 사람도 있겠지요.

50가지, 100가지나 되는 것들을 목표로 정해놓고는
정작 뭐 하나 제대로 하지도 못하느니,
차라리 이러는 건 어떨까요.
"내 평생 이것만큼은 절대 하지 않겠다!"
하는 것을 정하는 거예요.
가령, 사랑하는 사람 눈에서 절대로 눈물 나게 하지 않겠다.
어떤 상황에서든 나 스스로에게 거짓말하지 않겠다.
말이 행동보다 앞서지 않도록 하겠다.
이제 좀 쉬워진 것 같지 않나요?

마음으로 보다

눈 없이 햇빛을 본다면
눈부심보다 먼저 따뜻함을 느낄 것이고,
꽃을 보면 아름다움보다 먼저 향기를 느낄 것이고,
얼굴을 보면 인상보다 먼저 마음을 느낄 것이다.

－권대웅 「하루」 중에서

세상의 모든 것들을

눈으로 보기 이전에 마음으로 본다면

미움과 오해, 시기와 질투가 덜하겠지요.

당신은 지금 눈앞의 것들을

무

엇

으

로

보고 있나요?

인생의 정의

오늘이란
너무 평범한 날인 동시에
과거와 미래를 잇는
가장 소중한 시간이다.

– 괴테

인터넷에 올라온 글을 보면

인생에 대해 각 직업별로 이렇게 정의하고 있지요?

시인 : 외롭게 피었다가 지고 마는 들국화다.

여행가 : 공수래공수거의 무전여행이다.

장의사 : 언젠가는 나의 예비 상품이다.

수학자 : 완전한 정의를 못 내는 제곱근이다.

운수업자 : 도중하차가 안 되는 직행버스다.

그렇다면 당신이 생각하는 인생의 정의는 무엇인가요?

망설임보다는 실패를

진정한 용기는 겁이 안 나는 것이 아니다.
'겁이 날지언정' 하는 것이다. 나를 지켜야 하니까.

– 김희수 『인생이란 짬뽕일까 자장면일까』 중에서

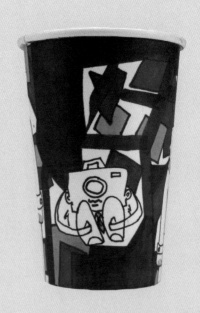

고민이라는 것은 어떤 일을 시작한 후보다는
그 일을 할까, 말까 망설이는 데서 더 많이 생긴다고 하지요?
'과연 내가 무엇을 할 수 있을까?'라는 생각부터 시작해
'과연 내가 잘해낼 수 있을까?'라는 생각에 이르기까지
자신감 없는 게 자랑도 아닌데 그 뒤에 숨어
망설이고 또 망설입니다.
우리 주변의 타고난 행동가들을 보면
몇 번의 실패를 실패로 여기지 않는다는 공통점이 있습니다.
실패를 교훈 삼아 점점 더 나아지는 걸 느끼며
다시 시도한다고 합니다.
하고자 하는 마음이 간절하다면, 버트런드 러셀의 명언처럼
성공 여부는 하늘에 맡겨두고 불완전한 채로
시작하는 게 중요합니다.
자신감이 없기에 못 하는 것이 아니라,
제대로 시도하지 않았기에
자신감이 없는 것임을 기억해야 할 것입니다.
지금 무언가를 앞에 두고 망설이고 있는 당신에게
다시 한 번 버트런드 러셀의 말을 건네봅니다.
"망설이기보다는 차라리 실패를 선택하라!"

행복은 셀프

행복은 향수와 같다.
자신에게 먼저 뿌리지 않고서는 남에게 발할 수 없다.

－랠프 월도 에머슨

독일의 철학자 칸트는
행복의 세 가지 조건에 대해 이렇게 말하고 있습니다.
첫째, 할 일이 있고
둘째, 사랑하는 사람이 있고
셋째, 희망이 있다면
그 사람은 지금 행복한 사람이다.
우리가 행복하지 않은 건
내가 가지고 있는 걸 누리고 감사하기보다는
내가 가지고 있지 않은 걸 탐내기 때문이라고 하지요?
정말로 행복해지고 싶다면
내가 가지고 있는 것들, 내 주변에 있는 사람들부터
아끼고 사랑하는 자세가 필요합니다.
누군가 나를 행복하게 만들어주기를 기다리지 말고
나 스스로가 행복을 느끼고 행복을 만들어가며
그 결과 주변 사람들에게 행복 바이러스를 퍼뜨리는 것
행복에 있어서만큼은 '셀프' 정신을 갖는 것
말 그대로 남에게 미루지 않는 것
꼭 필요하고 중요한 일입니다.

순수함이 남아 있는가?

살아가면서 누군가를 미워할 때
그를 '용서해야 할 이유'보다는
'용서하지 못할 이유'를 먼저 찾고,
누군가를 비난하면서
그를 '좋아해야 할 이유'보다는
'좋아하지 못할 이유'를 먼저 찾고,
마음의 문을 꽁꽁 닫아건 채
누군가를 '사랑해야 할 이유'보다는
'사랑하지 못할 이유'를 먼저 찾지는 않았는지….

　　　　　－장영희 『내 생애 단 한 번』 중에서

'운명을 바꾸는 작은 습관'으로 이런 게 있다고 합니다.
늦어서까지 어린아이의 마음을 간직하는 것.
세상에 물들지 않은 순수함과 깨끗함
지금 당신에게는 얼마나 남아 있으신가요?

더불어 사는 세상에서는
너무 똑똑하고 능숙하게 보이면
남의 도움을 받을 수 없다고도 합니다.
다 알아도 너무 아는 척하지 말고
순진무구한 어린아이처럼 호기심 가득한 모습으로
"왜?", "어떻게?" 하고 물어보면
사람들의 도움을 받을 수 있다는 얘기입니다.
'유아독존'의 자세를 버린다면
그 가운데서 삶의 해답과 삶의 지침을
얻을 수 있다는 얘기입니다.

플러스 언어 습관, 플러스 사고방식

두려움은 적게, 희망은 많이
먹기는 적게, 씹기는 많이
푸념은 적게, 호흡은 많이
미움은 적게, 사랑은 많이 하라.
그러면 세상의 모든 좋은 것이 다 당신 것이다.

－스웨덴 속담

《뉴욕타임스》가 1900년부터 50년 동안
야구 선수들에 대한 언어 습관을 조사한 결과
플러스 말, 즉 긍정적인 말을 하는 사람들이
부정적인 말을 하는 사람들보다 더 오래 산다는 걸
발견했다고 합니다.
한편, 심리학자들은 우울증에 걸린 사람들의 경우
"내가 그렇지, 뭐. 내가 뭘 하겠어"와 같은
부정적인 언어 습관을 갖고 있다고 밝히기도 했습니다.

우리 인생에서 중요한 것은 능력이나 재능이 아니라
'플러스 언어 습관'이라고 하지요?
내 삶이 지금보다 더 찬란하길 바란다면
스펙 쌓기에 열중하기보다
플러스 언어 습관을 생활화하는 데 힘써야 할 것입니다.

전진만이 능사가 아니다

흔들리지 않고 피는 꽃이 어디 있으랴.
이 세상 그 어떤 아름다운 꽃들도
다 흔들리면서 피었나니
흔들리면서 줄기를 곧게 세웠나니
흔들리지 않고 가는 사랑이 어디 있으랴.

－도종환 「흔들리며 피는 꽃」 중에서

일을 할 때나 사람을 만날 때
어느 정도의 고집은 있어야 합니다.
그런데 이 고집이 너무 지나치면 문제가 생기기도 합니다.
어떤 일을 하다가 벽에 부딪히게 되면
다른 방향도 모색해봐야 하는데
마치 정면 돌파가 아니면 안 된다는 듯 고집을 부리다가는
시간도 뺏기고, 돈도 뺏기고, 에너지도 뺏기곤 합니다.

때로는 걸음을 늦출 줄도 알아야 하고
다른 길로 돌아갈 줄도 알아야 하는데
왜 그렇게 '전진'만을 부르짖는지….
인생이라는 긴 다리를 건너는 동안
빨리 가는 것도 중요하지만, 다리 밑으로 떨어지지 않게
전체적으로 균형을 잘 잡으면서 가는 것도 중요하지 않을까요.

당신을 위해서

"당신이 나와 부딪히지 않게 하려고요.
이 등불은 나를 위한 게 아니라 당신을 위한 겁니다."

– 바바 하리 다스 「산다는 것과 죽는다는 것」 중에서

앞을 못 보는 사람이 밤에 물동이를 이고
한 손에는 등불을 들고 길을 나서자
그와 마주친 사람이 물었다고 합니다.

"정말 이상하군요. 앞을 보지도 못하면서
등불은 왜 들고 다닙니까?"

"당신이 나와 부딪히지 않게 하려고요.
이 등불은 나를 위한 게 아니라 당신을 위한 겁니다."

내 입장에서가 아니라 상대방 입장에서 생각해야 하는 배려.
인도의 영적 스승이라는
바바 하리 다스는 이렇게 덧붙이고 있습니다.
"배려는 선택이 아니라, 공존의 원칙"이라고….

스톱워치가 고장 났어요

약간은 미치고
약간은 즐기며
약간은 둘러보고
약간은 혼자여도 보고
약간은 어울릴 수 있는
조금씩은 허용해주는 인생이 좋다.

-인터넷 펌글

우리 주변을 보면

지고는 못 사는 성격의 소유자들이 있지요?

만약 당신이 그렇다면 기억하세요.

바로 '스톱워치가 고장 난 것'이라고.

현대의 리듬은 몸의 생체리듬보다

빠르게 디자인돼 있다고 합니다.

따라서 건강하게 오래 살기 위해서는

현대적 생활리듬을 거스르는

내 안의 스톱워치가 필요하지요.

너무 급하다 싶을 때, 감정이 들끓는다고 느낄 때,

일에 너무 빠졌다 싶을 때, 중요한 것을 잊고 있다 느낄 때는

과감하게 내 안의 스톱워치를 누를 능력이 있어야 합니다.

일하는 것만큼 쉬는 것도 중요하고

제대로 쉴 줄 아는 사람이 제대로 일도 잘한다지요.

어떠세요? 스톱워치 능력, 제대로 조절하고 계신가요?

내 마음의 주인은 누구?

욕망이란 처음에는 문을 열어달라고 부탁하다가,
금방 손님이 되고, 또 어느새 마음의 주인이 된다.

―톨스토이

나 스스로를 힘들게 하고 내가 하는 일을 힘들게 하고
또 사람관계를 힘들게 하는 '욕망'.
그래서 처음부터 욕망이라는 것에는 틈을 주지 말라고 하는데
이거 너무 어렵습니다.
허황된 꿈과 터무니없는 욕심은
결국 사람 마음을 황폐하게 만들기 때문에
처음부터 마음의 문을 열어주지 말아야 할 텐데….
어떠세요?
내 것이 아닌 것에 눈 돌리고 탐내기보다는
내 곁에 있는 것들을 잘 지켜내는 소박한 모습…
당신의 지금 모습도 이러한가요?

나를 뒤집어엎어라

명확한 목적이 있는 사람은
가장 험난한 길에서조차 앞으로 나아가고,
아무런 목적이 없는 사람은
가장 순탄한 길에서조차 앞으로 나아가지 못한다.

－토머스 칼라일

지금의 삶과는 다른 삶을 꿈꾼다면 나부터 변화해야 합니다.
나를 변화시키기 위해 가장 먼저 해야 할 일이라면
'생각'을 변화시키는 것이겠지요.

생각은 결과를 낳기 때문에 생각이 바뀌어야 내가 바뀌고
결과적으로 내 삶 역시 바뀌게 됩니다.

만약 요즘 마음이 세상에 대한 불평불만으로 가득 차 있다면
세상을 뒤집어엎기 전에 나를 먼저 뒤집어엎기
이게 먼저여야 하지 않을까요.

다른 사람을 의식하는 어리석음

인간의 모든 불안과 번민과 고뇌며 불만과 초조의 80~90%는
다른 사람이 나를 어떻게 생각할까 하는 걱정에서 나온다.

−쇼펜하우어 「사랑은 없다」 중에서

사는 동안 우리가 정작 눈치 봐야 하고 신경 써야 하는 것은
다른 사람이나 세상의 잣대가 아니라
나 스스로의 잣대입니다.
그럼에도 우린 늘 남의 눈을 의식하며 행동하기 바쁩니다.
어제 입은 옷을 오늘 또 입었다고 창피당하면 어쩌지?
사람들은 자신이 어제 입은 옷이 뭔지도 잘 기억하지 못합니다.
퉁퉁 부은 눈을 보고 애인이랑 또 싸운 걸로 오해하면 어쩌지?
사람들은 의외로 단순하고 귀찮아하는 면이 있어서
라면 먹고 잤다고 하거나 슬픈 영화 보고 울었다고 하면
그냥 그런가 보다 합니다.
돈도 없는 백수가 이런 모임에 왜 나왔냐고 하면 어쩌지?
작정하고 나를 싫어하는 사람이 아니고서는
모임에 온 나를 환영하기 마련입니다.
진정한 프로는 자신의 일에 결코 다른 사람의 시선이나
세상의 잣대를 대지 않는다고 합니다.
진정한 프로는 나에게 관대하고 남에게 엄격한 게 아니라
나에게는 엄격하고 남에게는 관대하다고 합니다.
그러니 오늘도 진정한 프로의 모습으로 거듭나는
훈련을 해야겠습니다.

일희일비하지 않기

만일 끝까지 큰 소리로 문을 두드린다면
당신은 분명히 어떤 사람을 깨우게 될 것이다.

—헨리 워즈워스 롱펠로

끈기는 성공의 위대한 비결이라고 합니다.
순간에 일희일비하는 게 아니라
끈기, 인내, 지구력을 가지고 끝까지 매진하면
성공할 수 있다는 말입니다.
우린 가끔 감정의 변화를 앞세워
자신의 끈기 없음과 지구력 부족을
합리화할 때가 있습니다.
"만일 끝까지 큰 소리로 문을 두드린다면
당신은 분명히 어떤 사람을 깨우게 될 것이다."
이왕 시작한 것
끝을 보겠다는 마음가짐으로 한다면
세상에 못 할 것도 없겠지요.
이왕 시작한 것
바람 흔들릴 때마다 같이 흔들리는 마음 때문에
포기한다면 부끄러운 일이겠지요.
시간 없다고, 더는 못 하겠다고 지레 포기하기보다는
마지막까지 고삐를 늦추지 않는 모습이 보고 싶습니다.
나에게서, 그리고 당신에게서….

바쁜 건 자랑이 아니다?

본래부터 세월은 길고 긴데
바쁜 사람은 저 혼자 재촉하고,
본래부터 천지는 넓은데
스스로 좁은 사람이 저 혼자 비좁다 하고,
본래부터 바람과 꽃, 눈과 달은 한가로운데
괴로운 사람이 저 혼자 바쁘다.

- 한용운 『채근담』 중에서

"바빠!"를 입에 달고 사는 사람은
마이너스 인생을 살고 있는 것 아닐까요?
정말로 바쁠 때는 바쁘다고 말하는 게 당연하겠지만,
습관처럼 "바빠!"를 외치는 건 자기 자신에게
마이너스일 수밖에 없습니다.
그것은 생활에 자기 규칙이 없음을 표시하는 것이고
또 상대를 거절하겠다는 의미가 담겨
무정한 사람으로 비치게 하기도 합니다.

현명한 사람들은 바쁜 가운데서도
시간 조절을 잘한다고 하지요?
무능한 사람으로 보이고 싶지 않다면
무조건 바쁘다고 핑계 대기보다는
시간을 스스로 조절하고
상대를 진심으로 대하는 노력을 해보는 것이
필요하지 않을까요.

리드미컬한 삶이란?

한꺼번에 헐떡이며 숨을 들이쉰 만큼 내쉬지 않으면 안 된다.
살아가는 일도 숨 쉬는 일처럼 리듬이 있어야 한다.
리듬이 들어왔다가 나가고, 나왔다가 들어가는 일이다.

─노희석 『행복한 삶을 위한 77가지』 중에서

살아가는 일도 숨 쉬는 일처럼 리듬이 있어야 한다고 합니다.
한 번 숨을 들이쉬면 한 번 내쉬듯
우리의 생각과 삶의 모습에도 리듬이 있어야 한다는 건데
리드미컬한 하루하루 보내고 계신가요?

한 음으로 죽 이어지는 노래보다는
강약도 있고 악센트도 있으며 클라이맥스에
애드리브까지 있는 노래가
더 매력 있고 생기 있는 것처럼
우리의 삶과 생각에도
강약과 높낮이의 조화가 필요합니다.
그러기 위해서는
때때로 한 박자 쉬어가는 것이 중요하겠지요.

마치 주문을 걸듯

성공하는 사람은 재빨리 결정을 내리고
자신의 마음을 천천히 바꾼다.
반대로 실패하는 사람은 결정을 천천히 내리고
마음을 재빨리 바꾼다.

―앤디 앤드루스 『폰더 씨의 위대한 하루』 중에서

차 안에서, 방 안에서
혹은 길을 걷다가 혼자서 중얼중얼해본 경험 있으시지요?
한숨 섞인 푸념이 될 수도 있고
혼자 외치는 다짐이 될 수도 있을 텐데
어려운 일이나 어떻게 해야 할지 모르는 곤란한 일이 닥쳤을 때
'나는 이런 일도 이겨낼 수 있어!'
'이건 내가 할 수 있는 일이야!' 등의 혼잣말로
스스로를 다독거리는 것이
충동적인 행동을 막아주는, 즉 자제력을 기르는 데
중요한 역할을 한다는 연구 결과가 있었습니다.

어떤 결정을 앞두고 있다거나
용기를 필요로 하는 일이 생겼을 때
가능한 한 그 어떤 방해도 없게 하려면
마치 주문을 걸듯 긍정적인 혼잣말을 해보는 것
이게 도움이 된다는 사실에 솔깃해지지 않나요?

어제와는 다른 하루

하루하루를 산에 오르듯 살라.
가끔 한 번씩 정상을 훔쳐보면
목표에 대한 결의를 다지는 데 도움이 되지만,
수많은 절경은 저마다 가장 좋은 전망 지점이 따로 있다.
천천히, 꾸준히, 스쳐 지나가는 순간들을 음미하며 오르라.
정상에서 보는 전망은
그 여정에 어울리는 클라이맥스로 딱 적당할 것이다.

–해럴드 B. 멜처드

하루 260여 명이 태어나고, 100여 명이 사망하고!

190여 쌍이 결혼하고, 60여 쌍이 이혼하고!

2천여 명이 헌혈하고, 3천여 건의 여권 발급이 이루어지는 곳!

2010년의 서울이라고 합니다.

당신의 하루는 어떻습니까?

매일 별다를 게 없는 하루이신가요?

작은 일에서나마 나 스스로 변화를 준다면

별다를 게 없는 하루하루가 아니라

조금씩 달라지는 하루, 어제와는 다른 하루가 될 텐데….

어제보다는 더 웃고!

어제보다는 더 많이 용서하며!

어제보다는 덜 한숨 쉬는 하루!

이런 하루… 함께 만들어보는 건 어떠세요?

디테일의 꿈

삶이란
우리의 인생 앞에 어떤 일이 생기느냐에 따라
결정되는 것이 아니라
우리가 어떤 태도를 취하느냐에 따라 결정되는 것이다.

-존 호머 밀스

"앞날에 대한 목표가 분명하고 계획이
구체적일수록 성적이 좋아진다."
미국 네브래스카대학교 링컨캠퍼스 사라 빌 교수팀이
수백 명의 고등학생을 대상으로 장래 직업에 대한 목표와
자기가 갖고 있는 기대에 대해 연구한 결과라고 합니다.
이 설문조사 결과가 아니더라도 우리는 이미
오래전부터 익히 알고 있는 얘기입니다.
그만큼 중요하기에 오랫동안 반복되고 있는 것이겠지요.
누구나 다 행복하게 살고 싶은 꿈이 있습니다.
그 꿈을 이루기 위해 어떤 노력을 해야 하는지를 생각해볼 때
막연한 생각보다는 구체적인 생각
즉, '디테일한 꿈'이 행복으로 가는 키워드라고 합니다.
원하는 것이 무엇인지 분명하고 구체적일수록
그 길로 다가가는 방법이 보다 더 선명해지기 때문입니다.
그렇다면 지금 당신은 무엇을 위해
어떤 목표를 향해 그토록 열심히 달려가고 있으신가요?
'디테일한 꿈'이 있기에 그토록 분주한 것, 맞겠지요?

인생의 성공 법칙

인생에 있어서 성공을 A라 한다면,
그 법칙을 'A=X+Y+Z'로 나타낼 수 있다.
X는 일, Y는 노는 것이다. 그러면 Z는 무엇인가?
그것은 침묵을 지키는 것이다.

－아인슈타인

열심히 일하고, 잘 놀고, 그리고 입 다물기!
이것이 성공 법칙이라고 하니 진리라 여겨지면서도
어쩐지 씩 웃음이 배어 나오기도 합니다.
사실 이렇게만 한다면 성공은 보장된다는 건데
말처럼 쉽지 않은 이것 때문에 우린
오늘도 헤매고 있나 봅니다.
잘 산다는 게 말처럼 쉽지 않고
어떻게 살아야 할지 모를 때는
나만의 '롤모델'을 찾아 그 사람을
모방하는 것도 좋습니다.
내가 닮고 싶은 사람을 이상형으로 정한 다음
그 사람을 최대한 닮도록 노력하다 보면
어느 순간 그와 닮아 있는 나를 발견하게 될 겁니다.
내 인생의 이정표가 되어줄 누군가를 가슴에 품고
아인슈타인의 성공 법칙을 기억하며 오늘도 달려가는 발걸음은
분명, 어제보다는 가벼울 겁니다.

시선이 머무는 대로

입고 있는 옷이 사람들로부터
비웃음을 사지 않고 고상하게 보여지는 것은
그 옷을 입고 있는 사람으로부터 발산되는
예리하고 진지한 성찰과
그 사람이 마음속에 품고 있는 진지한 삶의 자세 때문이다.

– 헨리 데이비드 소로

사람은 은연중에 내가 보고자 하는 것만 보고
내가 듣고자 하는 것만 듣는다고 하지요?
가령, 한강 다리를 건널 때
불 켜진 가로등을 분위기 있게 바라보는 사람이 있는가 하면
반대로 그 불빛이 비추는 다리 주변을 보면서
지저분하다고 느끼는 사람도 있을 텐데
당신은 어떠신가요?

같은 사물을 바라보더라도
이왕이면 좋은 부분을 보려는 자세가
필요하지 않을까 싶습니다.
사람은 은연중에 보는 대로 생각하게 되고,
결국 그 생각대로 판단하고 행동하는 경우가 많기 때문입니다.

10점 만점에 몇 점?

완벽주의자는 존경의 대상이 될 수는 있지만
사랑의 대상이 될 수는 없다.

– 인터넷 펌글

지나치게 맑은 물에는 고기가 살 수 없다고 하지요?
혹시 나의 결점이나 빈틈이 걱정되는 나머지
다른 사람들에게 완벽하게 보이려고
너무 애쓰고 있진 않으신가요?
그럴 필요 없어요.
알고 보면 어딘가 조금 부족한 사람에게는
나머지를 채워주려는 친구들이 많지만
결점 하나 없이 완벽한 사람에게는
동지보다는 적이 더 많기 때문입니다.
때때로 우리는 완벽해야 한다는 강박관념에 시달리고는 합니다.
그런데 바로 그 생각이 우리의 매력을 떨어뜨린다는 사실입니다.
지나친 완벽주의자는 거리감을 주기 때문에
폭 넓은 인맥을 만들기 어려운 반면, 그렇지 않은 사람은
실수와 빈틈 속에서 인간적인 매력을 발산하곤 합니다.
친구가 거의 없는 100점짜리 사람과
많은 사람이 함께하는 80점짜리 사람
당신 모습은 어디에 더 가까우신가요?
당신 주변에는 어떤 사람들로 가득하신가요?

관계 맺음

그들은 정말로 좋은 친구였다.
그들은 짓궂은 장난을 하며 놀기도 했지만
또 전혀 놀지 않고도, 전혀 말하지 않고도 있을 수 있었다.
왜냐하면 그들은 함께 있으면서
전혀 지루한 줄 몰랐기 때문이다.

－장 자끄 상뻬 「얼굴 빨개지는 아이」 중에서

언젠가 한 연구 결과를 보니까 사람들은 혼자서 여행을 하거나
혼자서 성과를 이루는 등 혼자서 무언가를 한 것보다는
누군가와 멋진 만남을 가졌거나 사랑에 빠졌던 때를
최고의 순간으로 꼽는다고 합니다.
반대로 사랑하는 사람과 죽음으로 인해 헤어진 일이나
다른 사람과의 관계에서 비롯된 시련의 시기를
최악의 순간으로 꼽는다고 하는데….
결국 내 인생 전반을 웃고 울게 만드는 건
누군가와 맺는 '관계'에서 비롯된다고 할 수 있겠지요.
그렇다면 그 관계 맺기, 잘하고 계신가요?
여전히 서툴러서 어쩔 줄 모르고 계신가요?

나도 혹시 저장강박증?

필요한 것만 챙겨서 인생이라는 배를 가볍게 하라.
검소한 집, 소박한 즐거움,
친구란 이름이 어울리는 한두 명의 친구들,
사랑할 사람과 당신을 사랑하는 사람, 고양이, 개,
그리고 한두 개의 파이프, 충분한 먹을 것과 입을 것,
그리고 갈증은 위험한 것이니
약간 넘치는 마실 것이 있으면 된다.

–제롬 K. 제롬 「배 안의 세 남자」 중에서

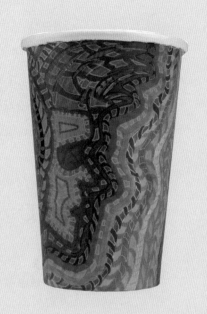

주변을 보면 각종 물건을 버리지 못하고
쌓아두는 사람들이 많지요?
입지도 않을 거면서 몇 년째 옷장에 걸어둔 옷들
나중에 필요하지 않을까 해서 모아둔 신문이나 잡지들
사소한 것 하나까지도 버리지 못하고 갖고 있는 경우를
심심찮게 볼 수 있는데, 이런 것도 '병'이라고 합니다.
뇌 손상에 따른 '저장강박장애'라고 하더군요.
사람에게는 어떤 물건을 버릴 때
이것이 미래에 가치가 있느냐,
없느냐를 예측하는 능력이 있는데
이 기능을 담당하는 뇌 부위가 손상된 사람들이
물건을 버리지 못한다고 합니다.
물건이든 기억이든 버려야 채워진다고 하지요?
지금 뭔가 새로운 걸 원한다면
버릴 건 버리고, 잊을 건 잊으세요.
다시 어쩔 것도 아니면서 끌어안고 있어봐야
먼지랑 곰팡이만 생깁니다.
때때로 지나간 것들을 과감히 정리하는 용기와 결단력
그걸 발휘하는 것도
인생을 지혜롭게 사는 또 하나의 모습일 겁니다.

인생의 비

나에게만 오는 비는 없다. 비는 누구에게나 온다.
단지 우산을 가지고 있느냐 없느냐의 차이다.
얼마나 준비하고 또 얼마나 노력했느냐에 따라
우리 인생의 비는 달라진다.

－인터넷 펌글

'고든 리빙스턴'의 얘기, 들어보셨는지요?

좋은 일이 일어나는 데에는 오랜 시간과 인내가 필요하지만

나쁜 일에 빠져드는 데에는 긴 시간이 필요하지 않다는 걸요.

대신, 거기에서 벗어나는 데에는

상당한 인내가 필요하다는 걸요.

지금 혹시 원하는 무언가가 얼른 오지 않아서 답답하신가요?

그렇다면 이렇게 생각해보세요.

그 좋은 게 내 곁에서 오래오래 머물려고

이다지도 더디 오고 있는 거라고요.

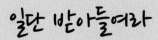

일단 받아들여라

이미 일어난 일이 중요한 게 아니다.
그 일에 대해 어떻게 생각하는지가 중요하다.

– 앤드루 매슈스 「지금 행복하라」 중에서

일이 잘 안 풀릴 때 나쁜 상황에 대한 생각을 바꾸면
오히려 그 상황을 이용할 수 있다고 하지요?
우리 삶에 찾아오는 모든 고난과 역경은
정말로 심각한 문제들이 아니라
내 생각이 바뀌기를 기다리고 있는 '상황'이라고 합니다.
따라서 먹구름이 지나면 햇살이 비친다는 믿음으로
지금의 고비들을 잘 넘기는 현명함이 필요하지요.
받아들이는 것, 잘되는 편이신가요?
사는 동안 눈앞이 캄캄해져 오는 순간을 만날 때
왜 매번 내 앞은 이렇게 캄캄하냐고 따지고 화내기보다는
그 상황을 빨리 인정하고 해결책을 찾아 나서는 것
이게 더 필요한 일일 겁니다.
모든 일에는 순기능이 있고 역기능이 있기 마련입니다.
나쁜 일이라고 해서 다 나쁜 것만도 아니고
좋은 일이라고 해서 모두 다 좋은 것만도 아니라는 것
어떤 경험이든 분명한 건 깨달음이 있다는 사실입니다.

내일은 괜찮아질 거야

초판 1쇄   2011년 6월 20일
초판 2쇄   2012년 10월 2일

지은이   문혜영
그린이   박지영
펴낸이   김영재
펴낸곳   책만드는집

주소   서울 마포구 합정동 428-49번지 4층(121-887)
전화   3142-1585 · 6
팩시밀리   336-8908
전자우편   chaekjip@naver.com
출판등록   1994년 1월 13일 제10-927호
© 문혜영, 박지영, 2011

ISBN 978-89-7944-362-2 (03810)

이 도서의 국립중앙도서관 출판시도서목록(CIP)은 e-CIP
홈페이지(http://www.nl.go.kr/cip.php)에서 이용하실 수 있습니다.
(CIP제어번호: CIP2011002290)